bile
negra

oscar
nestarez

Copyright ©2023 Oscar Nestarez
Todos os direitos dessa edição reservados à AVEC Editora.

Nenhuma parte desta publicação poderá ser reproduzida, seja por meios mecânicos, eletrônicos ou em cópia reprográfica, sem a autorização prévia da editora.

editor: *Artur Vecchi*
Revisão: *Gabriela Coiradas*
Ilustração de capa: *Bruno Romão*
Projeto gráfico e diagramação: *Bruno Romão*

2ª edição, 2023
1ª edição, editora Empireo, 2017
Impresso no Brasil/ Printed in Brazil

N 468
Nestarez, Oscar
Bile negra / Oscar Nestarez. – Porto Alegre : Avec, 2023.

ISBN 978-85-5447-180-4

1. Ficção brasileira I. Título

CDD 869.93
Índice para catálogo sistemático:
1.Ficção : Literatura brasileira 869.93

AVEC Editora
Caixa Postal 6325
Cep 90035-970 – Porto Alegre - RS
contato@aveceditora.com.br
www.aveceditora.com.br
Twitter: @avec_editora

Este livro é para minha irmã, Maria Isabel.

O verme passeia na Lua cheia
Secos & Molhados, **Flores astrais**

apresentação

Hipócrates acreditava que o excesso de bile negra causava depressão. Já a etimologia da palavra "melancolia" mistura *mélas* (negro) e *cholé* (bile). Dito isso, não acho que o Oscar tenha me chamado para escrever a introdução deste livro por acidente. Ou que tenha sido algo impensado, inocente, ou puramente motivado por um coleguismo que atravessou as conversas até chegar a mim com o pedido. Não acreditaria nesse tipo de motivação pequena vindo dele; não seria o suficiente. Não é assim que ele opera.

Creio que o Oscar tenha me chamado por saber que de melancolia eu entendo. Assim como ele. Citando Freud, "a depressão está vinculada a um afeto, sintoma ou estado que envolve tristeza, desgosto, inibição e angústia. Já a melancolia está associada a um estado inconsciente de impossibilidade de elaboração do luto, uma neurose narcísica".

Posso dizer que o contato mais próximo que tivemos foi repleto de boas risadas, piadas e doses grandes de muito sarcasmo. É assim que nossa melancolia acessa o mundo na realidade, enquanto nossa escrita é um pouco mais cruel. Acontece que o curioso em tudo isso é que, apesar de qualquer tragédia que a vida possa trazer, nem eu, nem o Oscar temos uma tristeza que faça com que duvidemos de nós mesmos. A melancolia existe e se faz presente, pois a depressão não está lá. Eu diria que a melancolia é sólida, porém maleável. Você lida melhor com ela, consegue significar a dor de diversas formas; já a depressão acredito que venha quando a negociação com a melancolia deu errado.

Por conta dessa negociação, ainda nos admiramos quando nos olhamos no espelho, independentemente do que o mundo diga sobre nós, o que acredito ser o sintoma de uma autoestima indestrutível.

Uma espécie de superpoder em comum. Mesmo que, às vezes, tenhamos desesperança, levantamos e fazemos o que tem de ser feito, pois foi assim que aprendemos a viver por meio dos reveses de nossas vidas. Isso é o que temos em comum.

Outro ponto é que, enquanto eu estava escrevendo o *Carniça*, que saiu pela coleção Dragão Negro da editora Draco, da qual o Oscar também fez parte com o livro *Claroscuro*, lembrei-me de *Bile Negra*. Em *Carniça*, as pessoas nunca ouviram falar sobre a morte, então não morrem; enquanto em *Bile Negra* existe uma epidemia. Escrevi o *Carniça* no período inicial da pandemia de Covid-19 e me lembro de Oscar e eu trocarmos figurinhas sobre como estava o andamento de cada um dos livros que sairiam pela coleção. No meio disso tudo, também me lembro de escrever para ele assim que a Covid agravou. Perguntei se ele havia se sentido premonitório. Não lembro para onde a conversa foi depois da pergunta, mas sei que seguimos em uma tentativa de distração daquela realidade tão triste que estávamos vivendo, e em uma clara falta de vanglória por ele ter escrito sobre o sofrimento coletivo.

Talvez a grande questão seja que, por mais que a melancolia se firme como algo que assola o plural, ela é, na essência, absurdamente solitária e, inclusive, parece não acessar ninguém além de nós, como se nossa tristeza fosse a maior narcisista que o mundo já viu. Isso ela tem em comum com a depressão. Talvez ambas sejam lados da sensação de estarmos sozinhos mesmo quando rodeados de pessoas, e talvez isso traga o sentimento de incompreensão do coletivo, da inadequação e da necessidade de transgressão que nos veste e nos faz caminhar de um jeito peculiar pela vida, e talvez isso nos faça escrever.

Além disso, Oscar e eu perdemos nossos pais. Ele com muito afeto, eu sem tanto; mas a gente entende que o luto é essa dor aguda e constante que nos acompanha sem fim e que complementa a melancolia melhor que *Jack and Coke*. A verdade é que o luto e a melancolia se encontram, abraçam-se, e dá para dizer que a união dos dois é algo tão certo quanto as estrelas e os impostos.

Para Freud, a melancolia pode, como o luto, ser uma reação à perda de um objeto amado; porém, ele a coloca como uma perda de natureza idealizada. A perda na melancolia é inconsciente, enquanto no luto, não. De alguma forma, o luto é uma forma de dor mais fácil de acessar, pois reconhecemos o objeto perdido, mas a melancolia se apresenta como uma falta eterna, e é a epidemia dessa falta eterna que norteia *Bile Negra*. Seja por meio de Vex, o protagonista; dos homens, amigos com quem ele se identifica ou não; e, principalmente, das mulheres fortes que permeiam seu comportamento mais do que ele gostaria.

A verdade é que *Bile Negra* é cirúrgico em trazer o sentimento da falta constante e profunda durante a leitura. Seja pelo que Vex vive sem querer viver, pelo que ele vê sem querer ver, ou pelo que ele gostaria que a vida tivesse sido, mas não foi possível por conta da transformação pela qual ele passa em consequência da epidemia. Ainda assim, pessoalmente, acredito que tal transformação aconteceria de qualquer forma, pois, no final das contas, Vex é um espelho da dor coletiva mais singular do mundo.

A epidemia que carrega o romance *Bile Negra* coloca sentido em nossas dores e realiza todo o horror já existente dentro de nós.

paula febbe
Escritora e psicanalista

prólogo

Ao entrar na casa, aguçou os ouvidos e dilatou os olhos: na penumbra do dia que partia, pela primeira vez após meses, sentiu como tudo parecia pacato. Atravessou o *hall* mais rápido que o movimento do pêndulo no relógio da parede e avançou pela salinha onde estava seu piano, junto ao qual, depois de muito tempo, sentou-se. Abriu a tampa e arriscou alguns acordes vacilantes. Dó maior, ré maior com sétima, lá menor com sétima diminuta; pouco depois, os dedos da mão esquerda, já mais confiantes, empenharam-se em improvisos de *blues*. Os da direita seguiram incertos, mais esbarrando nas teclas do que de fato ferindo-as; aos poucos, porém, cantaram mais e mais alto.

Ao contrário do que vinha acontecendo até então, a música não parecia ofender a pequena sala, o *hall*, a casa. Em vez disso, reconciliava-se com ela. Ocupava-a com doçura, como havia muito não acontecia. Fechou os olhos enquanto tocava; ele próprio se apaziguava com o piano, com a música e com a casa, que em um instante deixara de temer. O mesmo instante em que o portão da garagem se abriu. Os faróis acesos do carro projetaram sombras pela salinha, e o crepitar de folhas secas partidas pelos pneus concorreu com o *blues*.

Abriu os olhos e, enquanto improvisava a melodia com a mão direita, viu-o. O pai repetia seu gesto habitual, depositando a maleta em cima da mesa, abrindo-a para checar o conteúdo, fechando-a e se dirigindo, com passos já mais lentos do que o movimento do pêndulo do relógio, à salinha. Parou na porta com as mãos nos bolsos e uma súplica sutil no olhar:

— Ela está aí?

Apenas um ouvido treinado captaria a oscilação naquela voz.

— Acho que não — disse, virando-se para ele. — A gente conversou faz um tempo e ela parecia leve. Parecia... Ela.

Os olhos do pai deixaram de suplicar para indagar, como um cão que desconfia da intenção por trás do bife que lhe estendem. Então, entrou e se sentou na poltrona de costume - além da sala do piano, aquela era também sua sala de TV.

Voltando ao instrumento, o filho abandonou o *blues* para atacar sua versão simplória de "Take five". Fora uma das últimas que a professora lhe ensinara antes de interromper as aulas. E essa carinhosa lembrança, a de sua professora, assustou-o e atrapalhou o movimento dos dedos. Fazia tempo que memórias ternas não se manifestavam enquanto estava na casa - ou em qualquer outro lugar. Saudou-a como uma amiga, acariciou-a por meio das teclas que, antes endurecidas pela falta de uso, soltavam-se, soando mais canoras.

Depois, como de costume, tentaria "Round midnight", de Thelonious Monk - sua preferida -, e também "Night and day", "The way you look tonight" e outros *standards* de *jazz*. Quem sabe até alguns improvisos de composições próprias. E nada o convenceria de que as coisas não ficariam bem.

O pai se acomodou melhor à poltrona. Começou a fazer as perguntas habituais, sem conseguir esconder a empolgação crescente. Ao piano, o filho pensou como era curioso que ele gostasse de conversar durante suas execuções. Antes até achava um pouco irritante, mas aceitou ao perceber que aquelas perguntas manifestavam uma satisfação, um bem-estar que o mármore da seriedade impedia o pai de confessar. E nesse começo de noite em que tudo enfim parecia se acalmar, nenhum dos dois conseguiu conter esses impulsos: ele, de interpretar canções cada vez mais expressivas, e o pai, de proferir perguntas tão corriqueiras quanto esperançosas.

Uniam-se e se celebravam em um território pacificado, cada um à sua maneira. Enquanto tocava e respondia às perguntas com muxoxos, o filho refazia mentalmente os planos: em vez de só passar na casa para pegar algumas roupas, ficaria para o jantar. Quem sabe até abririam uma garrafa de vinho, o que não faziam havia tempo. Lançariam, sobre a mesa de jantar, palavras exaltadas um ao outro, exaltadas e afinadas, sobre amenidades. Política, esportes, cultura: os assuntos obedeceriam à ordem da leitura do jornal feita pelo pai, do segundo jornal que lia no dia, com manchetes que já envelheciam.

Pensamentos bondosos como esses, e a naturalidade com que surgiam, não deixavam dúvidas: aquela seria uma noite de paz. A confiança recém-adquirida era tamanha que, depois de mais de meia hora tocando, o filho decidiu desferir o golpe de misericórdia. O mindinho da mão esquerda encontrou um grave dó; o dedo médio, o sol; e o polegar, o mi a seguir. O movimento se repetiu com certa delicadeza e as notas graves de "Moon River" se desprenderam do piano por força própria, erguendo-se como flores noturnas antigas, feitas de memória e arrepio.

As perguntas do pai cessaram. Aquela era umas das músicas preferidas dele, cuja mãe - sua avó - tocava sempre. Depois de um par de minutos, um profundo arquejo soou. Veio do pai. De muito, muito longe no pai, um ranger carregado de toda a angústia dos últimos tempos. Sim, o filho pensou, aquele arfar livrava, ainda que por pouco tempo, o peito de um peso insuportável. Ele próprio o sentia. E era mais significativo do que qualquer palavra que tivessem trocado nos meses anteriores.

Para aprisionar aquele instante, conferiu todo o sentimento de que era capaz ao movimento dos dedos. Observava atentamente os deslocamentos da mão esquerda, atenuando-os e os enfatizando quando necessário, sem jamais deixar de cantar com a direita, fazendo com que cada nota ocupasse seu lugar naquele cenário de trégua. De resto, nas lacunas das vibrações sonoras, o mundo era o silêncio.

Ao terminar, inclinou o tronco para trás. O pé direito se mantinha enterrado no pedal de sustentação, como se aquele peso abrisse espaço para que as últimas notas ecoassem por mais tempo do que o possível. Era o instante que gostaria de capturar, em que as respirações se suspenderam, em que até o intervalo entre o tique e o taque do relógio de parede pareceu se dilatar. Então, o som se rarefez. O relógio seguiu sua marcha. Aquele instante se foi, mas a noite prometia outros, como o que ele quase pôde antecipar na pergunta que veio a seguir.

— Fazia tempo que você não tocava essa, não é? — o pai falou sem jeito, embaraçado pelo arquejo denunciador.

— Sim, acho que mais de um ano — relaxou no banquinho. — Vou esquentar o jantar.

Enquanto se levantava para ir até a cozinha, o pai, como de costume, ligou a TV. O filho atravessava o batente quando um forte estrondo no andar de cima chacoalhou o teto de gesso.

De novo as respirações se suspenderam, e agora os corações dispararam. Algo muito pesado tombara no cômodo logo acima da sala - o quarto da irmã. O pai se levantou com um salto e os dois se prostraram na frente do *hall*, observando dali a porta que, do outro lado, abria-se para a escada escurecida.

Ambos ergueram as cabeças. O ruído no andar de cima se multiplicou, como se tivesse se espalhado por dezenas de pequenas patas a cavoucar o piso laminado do quarto da irmã. Logo depois, ouviram o agudo timbre lamentoso e familiar - e que, por sua vez, também se multiplicou, como se nascido de muitas laringes.

A expressão de ambos hesitava entre a apreensão e a desistência. Acompanhavam o deslocamento do som pelo teto, baixando devagar as cabeças até a escada que havia logo após a porta daquele quarto. Sabiam que a paz da salinha e do mundo se desfizera com o estrondo, e que tudo estava perdido. Mas precisavam ver, apesar de suspeitarem das consequências disso. Precisavam ver a forma com que a derrota deles se manifestaria.

Os cavoucos e os uivos já se deslocavam pela escada, descendo os degraus. Tornavam-se cada vez mais nítidos, até que a pouca luz dali filtrada se encobriu por completo. Não por ela, como suspeitavam. Já não era ela quem se manifestava. A irmã havia sucumbido e se deixara ocupar, transubstanciar.

Pelo quê?

Por aquela abominação que descia. Pela imensa massa escura, impenetrável, que já chegava aos últimos degraus.

A polifonia de uivos era tremenda. Soava como se dentro daquilo, em uma espécie de microcosmo, o vento soprasse com violência de todos os lados, invadindo orifícios minúsculos. Apenas a luz da salinha estava acesa, e foi graças ao vago brilho dela que, congelados pelo pavor, observaram aquilo que se aproximava. Aquilo que avançava em direção a eles, feito de escuridão e agonia.

I

No dia em que pela primeira vez notei algo de diferente à minha volta, cheguei mais cedo. Não me lembro bem do motivo dessa antecipação, talvez me sentisse um pouco mais ansioso do que de costume. Mas, quase vinte minutos antes da consulta com a doutora Norma, já havia me acomodado no confortável sofá da sala de espera à meia luz, na companhia de duas pessoas que me olhavam de relance.

Situação um tanto constrangedora, essa, de encontrar outros pacientes em um consultório psiquiátrico. Meus companheiros - uma jovem de olhos fundos e cansados e um homem de seus cinquenta anos, calvo e até que bem conservado, que virava as páginas de uma revista com espasmos nervosos - deviam estar se perguntando que tipo de distúrbio me levou até ali. Sim, porque eu mesmo fazia isso em relação a eles. Tentativas de suicídio, talvez? Procurei com o olhar os pulsos de ambos; cobertos. Embora não fizesse frio, o homem vestia uma jaqueta de couro, e a garota, uma malha. Sim, talvez fosse isso.

Já eu, de camiseta, não tinha pudor algum de expor minhas cicatrizes à curiosidade do sol. Não eram grande coisa, na verdade. Apenas alguns queloides nos braços, logo abaixo dos ombros, causados durante meu período *in absentia*.

Tive um sobressalto quando a porta da sala se abriu e uma senhora saiu apressada, alheia a nós. A doutora Norma apareceu e me pediu para entrar. Senti os olhos dos meus dois colegas de espera me acompanhando enquanto caminhava - percebi que o olhar da moça tinha algo diferente, mas a presença intimidadora da psiquiatra me esperando me obrigou a colocar essa impressão de lado naquele momento. Ao entrar na sala, sentei-me na poltrona à frente da cadeira dela, como de costume.

A doutora fechou a porta com um gesto suave e, então, silêncio. Minutos de silêncio. Nada de "como você está?", "como vão as coisas?". Apenas aquele olhar de incontáveis toneladas depositado sobre mim. Mas eu já estava habituado.

— Hoje me sinto bem.

— Fale mais — a voz pareceu entediada. Não mudaria nada se eu tivesse dito que meteria uma bala na cabeça assim que saísse dali.

— Não sei bem... Acho que tem a ver com as descobertas que fizemos...

— Não "fizemos" descoberta alguma. Você fez. Eu só te ajudei a encontrar uma consciência que você já tinha, mas que por motivos diferentes parecia escondida — disparou.

— É verdade. Só que eu não me dei conta de certas coisas por muito, mas muito tempo, e acho que perceber essas coisas agora não deixa de ser uma descoberta. Porque eu me descobri, ou melhor, me redescobri capaz, mais capaz do que pensava ser.

— Certo — suspirou. — Veja, a ideia geral do nosso trabalho aqui é jogar luz nessas regiões da sua memória, das suas reminiscências, para que você consiga superar os traumas. Acho que evoluímos um pouco nesse sentido, mas às vezes você ainda me parece um tanto atrapalhado.

Antes, irritava-me a insistência com que ela reduzia angústias violentas a simples "trapalhadas". Agora, soava até divertido.

— Hoje eu pareço atrapalhado?

— Você se sente assim?

— Acho que não, estou me sentindo bem. Até estava pensando, antes da senhora me chamar, em como não vejo problema em mostrar as cicatrizes dos braços, enquanto...

— Enquanto o quê? — O timbre se agravou. Ela farejou minha soberba.

— Sei lá, fiquei fantasiando sobre as pessoas na sala de espera, sobre o que poderiam estar escondendo.

— Bom, pra começar, isso não diz respeito ao nosso trabalho. E por mais que você ache que saiba o que elas escondem, nunca vai ter certeza. Já falamos sobre isso, são alucinações. A nossa mente é um universo fechado, ao qual ninguém tem acesso.

A sessão seguiu adiante, mas dessa frase jamais me esquecerei. Talvez pelo fato de que a realidade, desde então, foi foi contradizendo-a bem aos poucos. Por conta de algum mórbido mecanismo cujo funcionamento ainda não foi explicado, milhões e milhões de mentes, desde aqueles dias já distantes, deixaram de ser um universo inacessível aos demais. Abriram-se, e nada foi como antes. A vida era o absurdo grotesco de sempre, a coleção de tropeços no escuro, de precipício a precipício e do início ao fim, mas era a vida.

Isto - o que hoje há - não é mais vida. E a verdade é que, bem aos poucos, deixou de ser o que era. Se tivéssemos prestado mais atenção ao redor, àquilo que nos cercava, acho que teríamos notado que algo não ia bem.

Eu mesmo não prestei a devida atenção, não naquele momento. Só depois relacionei o estranho olhar da moça na sala de espera aos acontecimentos que, em breve, devem derrubar a cortina sobre a comédia humana neste planeta. As escleróticas escurecidas, percebi de novo quando cruzei com ela no corredor, ao sair da sessão.

Era sutil. Como se o branco dos olhos, retraídos naquele poço das olheiras, estivesse um pouco sujo. *Encardido*. Nunca tinha visto nada igual, ainda que por uma fração de segundo. A sensação foi medonha. Desviei o olhar e procurei sair dali o mais rápido possível, pensando em perguntar à doutora Norma, na próxima sessão, sobre o que poderia ter causado aquilo.

Ao sair do prédio, no entanto, não reprimi um sorriso: o tempo mudara de uma hora para outra. Nuvens carregadas se acumularam sobre Higienópolis, e a aragem seca de antes cedera lugar a um vento úmido. Gostava muito de quando São Paulo surpreendia assim, de um segundo ao outro. E a leve irritação causada pelo calor, que procurei esconder da doutora por considerar irrelevante, deu lugar a um inabalável ímpeto realizador. Sentia-me, naquele final de tarde, maior do que no começo do dia. E mais confiante também, cheio de ideias sobre o que fazer naquela noite de sexta. As escleróticas escurecidas sumiram de meus pensamentos, pelo menos por enquanto.

No melhor dos estados de espírito, tirei o celular do bolso e disquei. Um berro me recebeu do outro lado da linha.

— Vex! Porra, até que enfim, meu velho!

— Oi, Téo. Estava me esperando?

— Eu estava era preocupado, cara. Você sumiu mesmo... — Notei que ele escolhia as palavras com cuidado —... por muito tempo! Como é que anda?"

— Bem, cara, vou bem. Na verdade, estou com vontade de sair, hoje. Quem sabe...

— ... Opa, uma *viagem ao fim da noite*?"

— É isso aí.

— Claro, porra, faz um tempão que não nos vemos! Vou chamar o resto do pessoal, todos vão adorar te ver. Onde você está?

— Em Higienópolis, sem rumo a partir de agora.

— Vai lá pra minha casa. Estou fora, mas volto daqui a meia hora.

Calculei mentalmente meu trajeto. Se pegasse o ônibus ali mesmo, na avenida Angélica, levaria quinze minutos para chegar a Pinheiros, onde o Téo morava. Então retardei o passo, movendo-me devagar por entre a turba do *rush* como um espectro, tragando o ar fresco, procurando me tornar invisível.

Sim, era isso, eu era um espectro feliz diante de todas as promessas da noite na megalópole. Eu saíra de um longo silêncio cuja origem não conseguia identificar, mas tampouco conseguia me conter. Em meio àqueles que antes me aterrorizavam, agora eu enfim sorria.

2

Foi só quando dei o primeiro gole na segunda dose de *vodka* que olhei em volta e percebi o quanto precisava daquilo. Nem tanto da bebida, mas de inspirar aquela atmosfera impregnada, de tragar os vapores lançados em rodopios no ar pelas bocas de meus amigos. Depois de tanto tempo ausente, narcotizado por remédios e empenhado em pacificar os tumultos que por pouco não me afastaram de vez da vida em sociedade, eu precisava me envolver nas brumas de possibilidades imorais e condenáveis - mesmo que não se cumprissem. E provavelmente não se cumpririam, meus amigos não tinham o talento para isso...

Eles tinham, isso sim, o dom de fazer parecer que o tempo não havia passado. Estávamos no Oratório, o bar da Mooca que funcionava no que antes tinha sido uma igreja, e cuja decoração o dono teve a sensatez de não mudar. Sempre que nos encontrávamos à deriva, sem rumo definido, mas, com o vento das expectativas enfunando as nossas velas noturnas, aportávamos lá. E depois de meses e meses sem ver meus companheiros de navegação, era como se ainda ontem eu os tivesse encontrado.

O Oratório não era grande e estava cheio. Eu gostava do lugar pela música, a ambiência e, acima de tudo, a permanência. Enquanto toda a cidade marchava adiante, ou melhor, para o alto, demolindo a si própria para depois se reconstruir cada vez mais verticalmente, aquele espaço permanecia. E frequentá-lo significava me colocar à margem do movimento avassalador que é a passagem do tempo em São Paulo. Havia, por parte dos frequentadores e dos proprietários, uma resistência a resvalar em qualquer possibilidade que implicasse mudança, e isso para mim era um alívio. Não me lembro da primeira vez em que vim, trazido pelo Téo. Desde então, com exceção do meu período de "retiro", visitava-o com frequência quase que mensal. Na maioria das vezes, acompanhado pelo próprio Téo, que gostava do lugar pelos mesmos motivos que eu.

Grande amigo, o Téo. Com seus olhos castanho-claros velozes, avermelhados pela pouca quantidade de sono (dizia que não precisava de mais do que quatro horas "disso"), encimados por grossas sobrancelhas em arco, escoltando um nariz de respeito e vigiando lábios finos, sempre prestes a se abrirem.

Grande amigo, assim como o restante do pessoal. Gostava muito de cada um deles e delas. Estávamos em seis - um grupo que se formou aos poucos, a partir de afinidades principalmente artísticas, e no qual o interesse e o respeito mútuos não tardaram a se manifestar.

Lá se iam mais de dez anos de convivência entre Téo, Vera - a namorada dele -, Caio Graco - ou CG, como ele preferia -, Môa, Sandra e eu. A San já havia passado pelos braços meus, do Môa e, fazia muito tempo, do Téo. De fato, como ela própria dizia, com um sorriso ao qual era impossível não se curvar, ela era muito boa para qualquer um de nós. Então, não é certo afirmar que tenha passado pelos nossos braços; nós é que passamos pelos dela. E no final acabou virando uma grande amiga - minha, principalmente. Com alguns benefícios para ambos, essa é a verdade.

A San e eu nos dávamos bem. Melhor do que quando saíamos, pelo menos. Foi a única entre eles com quem mantive certa proximidade durante meus meses ausente, até mais do que com o Téo. Acho que o fato de ela também ter enfrentado períodos de barra pesada a tornou mais sensível à minha condição.

É curioso como as pessoas, por mais íntimas que sejam de nós, assustam-se com descobertas a nosso respeito; é surpreendente como se apavoram com coisas sobre as quais não conseguem exercer controle algum, e é triste quando resolvem se afastar por isso. É mais triste ainda que nós mesmos as afastemos por as julgarmos incapazes de compreender, por não serem familiarizadas com certos tipos de dor. Não me afastei da San, entretanto. Apesar de saber que nada do que ela fizesse pudesse causar mudanças significativas no meu caso, também sabia que, por conhecer a fundo a - ou *uma* - tristeza absoluta, ela poderia me emprestar um pouco de coragem. Apenas estando por perto.

Era essa cumplicidade que nossos olhares comunicavam um ao outro. O dela expressava também alívio por me ver ali, de certa forma restabelecido. Eu me surpreendia com o meu desprendimento, como se nada tivesse acontecido. Sentia-me seguro, as ideias firmes, a língua se afiando mais e mais conforme os efeitos do álcool se intensificavam. Eu discorria sobre qualquer assunto com uma tranquilidade e uma leveza que, um ou dois meses antes, eram inimagináveis. Até dos meus distúrbios falei sem grandes melindres.

— Eu estava ardendo por isso aqui — ergui o copo e o olhei.

— Mas você pode beber numa boa? — perguntou CG engrossando a voz, como costumava fazer quando queria exprimir seriedade.

— Parei de tomar os remédios faz um tempo.

— E como foi? Na verdade, o que foi...? — A segunda pergunta de Vera pareceu sair sem querer, cheia de culpa.

— Foram os piores meses da minha vida, passada ou futura, te garanto.

— Por causa do...?

Ao ouvi-la, Téo se revirou na cadeira. Ia contestá-la quando me antecipei.

— Fica tranquilo, Téo, posso falar numa boa. Sim, Vera, do que aconteceu. Do assalto, dizem. Mas vocês já devem saber que não me lembro de praticamente nada. Só de acordar algumas semanas depois. E da dor, claro.

A mesa emudeceu e o vozerio do Oratório pareceu se distanciar. A música - o costumeiro canto gregoriano com uma discreta percussão eletrônica - ainda estava calma.

— Eu poderia tentar descrever pra vocês, mas nunca chegaria perto. Essa dor da perda não se exprime. Parecia que um véu negro tinha baixado sobre o mundo. Tudo foi ficando escuro e estranho, ao mesmo tempo em que comecei a sentir um treco muito esquisito aqui dentro — bati no peito. — É uma sensação péssima. Parece que os órgãos, todos, estão se revirando... se revoltando. Cheguei a fazer uns exames e não tinha problema nenhum. Só um desconforto insuportável, e uma angústia tão grande que eu não conseguia pensar em nada que não fosse medonho.

— Medonho? — Os olhos de Môa, sempre o mais calado entre nós, estavam secos; ele não piscava fazia tempo.

— O termo é esse mesmo. Era como perder as rédeas da mente. A cabeça disparava por lugares tenebrosos. Acho até que essa revolta nas entranhas acontecia por causa da violência dessa cavalgada.

Parei por um momento para tomar mais um gole e avaliei o que disse. Fazia um certo sentido. Nada como verbalizar algumas impressões difusas para lhes dar contorno. A voz de San me tirou da reflexão:

— Mas você sabe o que pode ter causado isso? O trauma por ver seu pai e sua irmã...

— Sim, mas, depois de meses e meses de tratamento intenso, encontrei outras coisas. Alguns complexos sinistros lá nos porões mentais. Questões pras quais nunca liguei e que, depois daquilo, ganharam força. Nem vale a pena falar delas.

O som começava a ficar mais alto, sombrio, intenso. Como eu senti falta daquilo.

— O susto, na verdade, foi a consequência disso tudo. Nunca senti tanto medo, tanta tristeza... Estava completamente rendido.

— Como assim? O que é que te deu tanto medo? Lembrar daquela noite? — San parecia surpresa, agora.

— Não. Da noite, não tenho lembrança nenhuma. Bloqueei total — dei outro longo gole na bebida. — Só que, como falei, perdi o controle do resto. Acho que minha mente se envolveu tanto nessa tarefa de se proteger que, em outros *departamentos*, acabou ficando exposta.

Nova epifania.

— Minha mente passou a se desafiar... no sentido de criar imagens e, *hum*, histórias cada vez mais sórdidas. Parecia que o simples fato de não poder pensar em algo, por algum motivo, servia para que esse tipo de pensamento surgisse com toda a força.

— Mas que tipo de imagens? Que tipo de histórias? — Os olhos de Téo fixavam os meus.

— As mais horrorosas, repulsivas... — não era fácil encontrar adjetivos — sádicas, pervertidas que você possa imaginar. Barra pesadíssima. Eu tinha pesadelos terríveis, mas que não terminavam quando eu acordava. Minha mente entrou numa atividade febril que me levou ao esgotamento. Foi quando decidi me afastar de tudo e buscar ajuda de verdade.

— Isso faz o quê? Uns dois anos? — CG teve de falar mais alto por conta da música.

Enquanto ouvia a pergunta, distingui o timbre hipnótico de Lisa Gerrard: sim, era Dead Can Dance, algo antigo da banda. As figuras esquivas e excêntricas, *habitués* do Oratório, já ocupavam a pista que ficava depois de uma porta ogival à nossa esquerda. De onde eu estava, conseguia vê-las dançando com as próprias sombras, lançadas na parede por um estroboscópio solitário.

— Um pouco mais que isso.

Levantei-me, acompanhado pelos olhares desconfiados de todos.

— Mas enfim, gente, estou me sentindo bem. Parece que retomei o controle dos miolos. E infelizmente pra vocês, não vou estourá-los tão cedo.

Chacoalhei a mesa, a vodka espraiada pelas veias.

— Vamos pra pista? A voz dessa mulher me obriga à oferenda de uma dança.

3

Virei-me de bruços em uma imposição para que ela acariciasse minhas costas. Sabia como eu gostava disso. Suas unhas começaram a patinar por ali, bem devagar, enquanto, com a cabeça virada de lado, enfiada nos braços cruzados e apenas um olho para fora, eu via seus seios na penumbra, arfando para recuperar o fôlego.

Não fechei os olhos porque, se o fizesse, sentiria vertigens e vomitaria. Dormira um pouco, quase nada, e ainda estava bêbado - as doses caíram como bombas no meu organismo desacostumado. A ponto de, naquele momento, já não me lembrar de como terminamos a noite - ou começamos o dia - juntos. Minha voz saiu pastosa:

— Me conta, você é que foi chegando, né?

Ela gargalhou com a majestade de sempre, soprando o hálito dos licores.

— "Assim é, se lhe parece". Na hora em que tocaram Sisters of Mercy, você parecia um possesso!

— Não me lembro mesmo, mas acredito. Eu precisava demais de uma noite como a de ontem...

— Só da noite, é?

Beijei seu ombro.

— San, você é uma baita noite.

Os dedos pararam de patinar e ela se virou de bruços também. Aproximou o rosto do meu. Fechou os olhos enquanto falou:

— Isso não é legal. Já fazia muito tempo, e a gente tava bem...

— Ué, qual é o problema? Não é nada novo — era verdade. Com alguma frequência, terminávamos noitadas na cama, mesmo depois de encerrado o nosso relacionamento. Talvez não tão encerrado assim. — Não vou dividir culpa nenhuma com você.

— Não é isso. Você sabe como acabamos nos afastando um do outro quando isso acontece... fica estranho.

Tentei interromper esses pensamentos dela com um beijo. Ia dizer que quem se afasta é sempre ela, mas San se desvencilhou:

— Tem ainda a sua situação. E tem a minha, que às vezes penso que não está completamente resolvida — como sempre, ela já dava um jeito de escapar ao espinhoso tema "nós".

— Como você tem se sentido?

Ela respirou fundo e foi em frente.

— Até que bem, no geral, mas o que você disse ontem no Oratório me tocou. O lance de perder as rédeas do pensamento e tal. Às vezes, ainda sinto isso com muita força.

— E a análise?

— Já faz muito tempo, parece que estamos andando em círculos. Na verdade, tô a fim de mudar. Talvez essa sua Norma, aí...

— Nem vem, é só minha. E ela é brava, ia partir pra cima de você quando soubesse desses nossos deslizes. Sou o amor da vida dela.

A risadinha dela me obrigou a outro beijo reverente.

— É sério, acho que preciso de choque, de confronto. Do jeito que vai, com o Rubens não dá mais. Ele é muito complacente, sabe? E você disse que a sua "doutora" vai na jugular, sem pudor nenhum.

— Bom, funciona comigo, mas sei que muita gente detesta essa abordagem. Pode ser que você não goste nem um pouco.

— Tô a fim de tentar.

Virou-se e fitou o teto, rígida. Clareava; a luz vinha pelas frestas da janela, acentuando o brilho daqueles olhos. Estavam dilatados e aflitos.

— Essas fugas mentais não são frequentes. Mas, sempre que acontecem, e fatalmente acontecem, parece que levam uma parte importante da minha vida e colocam outra coisa no lugar. Fico exausta e assustada.

As escleróticas sujas voltaram à minha mente. Abracei-a com força para que o perfume dela afastasse a visão, batucando com o indicador em sua testa:

— Isso aqui não pode te dominar assim.

San amoleceu e virou o rosto para o meu, à espera. Recomeçamos um beijo vagaroso, tranquilo, sem o desespero com que provavelmente, não me lembro bem, buscamos um ao outro, bêbados, durante a noite anterior.

Havia algo diferente. Não costumávamos ceder assim a demonstrações livres de afeto. Mas tanto ela quanto eu buscávamos alguma espécie de confirmação no contato, uma garantia de que o beijo era a realidade. Nós dois conhecíamos a desoladora dimensão em que nossas mentes poderiam nos lançar, e procurávamos, no encontro de nossos lábios, na disputa das línguas e no choque dos dentes, uma afirmação por meio da companhia, da presença física e inegável do outro.

Percorríamos os limites um do outro para nos certificarmos dos nossos próprios limites; uma certeza bem-vinda. Não demorou para que a busca se estendesse por todo o corpo, nossas mãos tateando e apalpando sem rumo, apenas pela possibilidade de fazê-lo. Aos poucos, a aurora revelava o quarto dela, mas o encontro ainda se dava em uma escuridão bondosa. Um alívio para duas pessoas que experimentaram o quão amedrontadora essa escuridão podia ser.

Foi questão de segundos, longos segundos, para que nossas mãos encontrassem o caminho mais abaixo. Sempre devagar, como se houvesse um espelho entre nós, desceram juntas até descobrirem o quão excitados estávamos. E, com um leve movimento de nossos braços e pernas, refletindo-se uns nos outros, aproximamo-nos.

Com outro delicado movimento de ombro, posicionei-a abaixo de mim, minhas mãos emoldurando seu rosto para protegê-lo de não sei bem o quê. Entrava nela lentamente, como se o ar do quarto tivesse sido substituído por uma substância de sonho, cuja densidade me impedia de acelerar o que quer que fosse.

O espelho permanecia entre nós. Mostrava-me, no rosto dela, o espanto que devia estar evidente no meu. O olhar de San me buscava em movimentos rápidos, ansiosos. Os suspiros escapavam agudos e aos sustos - como os meus. Nenhum de nós previu isso, nem os movimentos mútuos que se davam por conta própria. Impelidos pelas mais profundas das nossas forças, unimo-nos, e esse encontro nos assustou.

Só depois percebi que foi amor o que fizemos naquela noite. Um amor estranho, grandioso e profético, como se pressentíssemos que algo tremendo estava prestes a acontecer.

4

Diferentemente do que ela afirmara, não nos afastamos. Ao contrário: ainda surpresos, capturados pelo transe que se seguiu àquele amanhecer, continuamos próximos, e por um período inédito em nosso histórico. Não mencionávamos retomar um relacionamento mais sério ou algo do tipo. Era outra coisa. Apenas procuramos, no final de semana seguinte, a segurança e o conforto daquela união. Do que essa segurança nos protegeria, ainda não tínhamos ideia.

Môa, a quem eu sempre recorria quando precisava pegar algum trabalho, foi o primeiro a saber. Liguei para ele na manhã da segunda-feira, ainda na cama dela. No ar frio do quarto, o rastro de perfume que ela deixou para trás ao sair apressada para trabalhar.

— Oi, Vex. Só tem uma explicação pra você me ligar segunda de manhã.

— Sim, pra dizer que te amo.

— Isso, e pra pedir trabalho.

— Exato. E é por me conhecer tão bem que te amo!

Ele balbuciou um pouco antes de continuar:

— Olha, até temos um projeto e acho que sua ajuda é bem-vinda. Passa aqui no final da manhã?

— Tô um pouco longe daí — a editora do Môa ficava ao lado da minha casa. — Pode ser no começo da tarde?

— Não tá em casa?

— Não, tô na San — ele ficou em silêncio. — Explico quando chegar aí.

Levantei-me animado. O final de semana fora ótimo, e a semana, ao que parecia, começava bem. O pequeno apartamento da San ainda rescendia a ela, e eu saí farejando por todos os lados para guardar aquele aroma delicioso. Em um fluxo ininterrupto, lavei o rosto, vesti as roupas de ante-anteontem, comi uma maçã, escrevi um bilhete carinhoso e fui para o metrô.

A viagem do extremo da zona norte à oeste era extensa, mas os trens, no meio daquela manhã de segunda, estavam vazios. Pude sentar e ruminar com calma o final de semana.

A verdade era que eu queria o quanto antes voltar para os braços dela. O rosto de San surgia com mais nitidez em minha memória. Sempre a achei uma beldade, desde a primeira vez em que me deparei com aqueles olhos castanhos - ou verdes, à luz do sol -, um pouco rasgados e profundos de mestiça. Os cabelos, escuros a ponto de não ser possível distinguir fios, apenas uma cascata negra, acentuavam a brancura da pele. Os lábios volumosos, que inchavam enquanto ela dormia, formavam um coração delicado quando vistos fechados, de perfil. E quando se abriam, era naquele sorriso solar de rainha. Um baú de relíquias concedidas aos pobres súditos de sua beleza, para livrá-los da aflição de jamais poderem possuí-la.

Porque a San, como provavam suas incontáveis conquistas, era *impossuível*. Sim, estivemos muito próximos naquele final de semana, e assim poderíamos ficar por mais algum tempo. Mas eu a conhecia. Sabia que, por mais que me concedesse espaço, jamais deixaria que eu me aproximasse de seu âmago, fonte de toda sua luz e, como pouquíssimos sabiam, de suas trevas.

Era uma mulher segura, independente e, para mim, ainda mais atraente por isso. De modo que, apesar da noite intensa que passamos juntos, já devia me preparar para o momento em que ela deixaria de responder às minhas ligações e mensagens, e se afastaria da turma até se certificar de que a distância segura entre nós se restabelecera.

Na primeira vez em que passei por isso, quatro ou cinco anos antes, sofri muito. Depois, acompanhei o mesmo suplício do Téo e do Môa, e a compaixão que senti por eles se sobrepôs ao ciúme. Com o tempo, nós três fomos acompanhando o descarte de dezenas de homens que por algum motivo a atraíam. E ela, como se exigisse de seus súditos uma prova de lealdade, submetia-nos à descrição detalhada de seus êxitos e, depois, de suas carnificinas. Fazia-o também porque sabia que era um alento para nós ver os cadáveres de outros amantes destroçados e lançados em direção à nossa vala comum. Que mulher.

Então eu estava de novo em suas mãos e entre seus dentes, pensei enquanto saía da estação Sumaré e caminhava em direção ao ponto de ônibus. Por outro lado, persistia a impressão de que daquela vez seria diferente. Ela parecia mais frágil, mais exposta. Eu sabia que foram avassaladoras as crises pelas quais passou ao perder o pai dois anos antes, ou seja, pouco depois do que aconteceu comigo. Talvez a tristeza, agindo em San de maneira inversa à do o resto da humanidade, a tivesse amolecido. E havia também aquela confissão sobre o descontrole mental que em outros tempos ela jamais teria feito. Tudo isso me daria o que pensar até reencontrá-la.

Ainda pensava nisso quando, algum tempo depois, desembarquei no sétimo andar de um antigo prédio em Perdizes, a quinze minutos de caminhada da minha casa. Toquei a campainha e fui recebido pelo próprio Môa. Estava sozinho.

Abracei-o, como sempre melindrado por sua estatura um tanto maior que a minha. Era, tranquilamente, um dos homens mais bonitos que eu já vira, com traços angulosos e uma cabeleira densa e escura, que fazia saltar para o mundo o seu olhar claro. Fomos para sua sala, a única reservada no pequeno espaço que abrigava sua editora. Ele parecia mais disposto, falante.

O sorriso cúmplice o acusou.

— Vocês se pegaram de jeito lá no Oratório.

Senti uma necessidade urgente de me justificar.

— Ah, cara, você sabe como é. Imagina, eu tava numa secura de tudo, sair, beber...

— Trepar.

— É. Mas foi bacana. E diferente. Tanto que ela não me expulsou de lá até agora...

Malu, a auxiliar que havia se transformado em sócia, batucou na porta e entrou. Os dois tinham assumido um namoro não fazia muito tempo.

— Oi, Vex, que surpresa! Legal te ver aqui.

Sorri sinceramente. Gostava dela.

— Legal te ver também, Malu. Vim ver se seu sócio pode me salvar da penúria.

— Vamos passar o *Bile Negra* para ele, Môa?

O termo me inquietou.

— É a ideia, mas ainda não falamos sobre isso. Estamos nos atualizando.

— Claro, fofoquem à vontade, volto depois — fechou a porta atrás de si.

— Bile negra? Que porra é essa?

— Bom, eu ia te falar depois, mas ela adiantou. É o projeto de que falei. Já ouviu falar disso?

— De bile? Aquela coisa viscosa?

Môa concordou.

— Já, mas que me lembre é amarela, esverdeada. Não negra.

— E sobre teoria humoral? Já leu alguma coisa?

— Hm... Tem a ver com sangue, fleuma, e não sei mais o quê... você poderia ir direto ao assunto, né?

— É por aí. Fiz umas pesquisas pra esse trabalho — respirou fundo e se ajeitou na cadeira. — É uma teoria médica bem antiga. Diz que a nossa saúde se mantém pelo equilíbrio entre quatro humores: sangue, fleuma, bile amarela e bile negra. E cada um desses humores se associa a estados de espírito diferentes. O sangue está ligado à alegria, ao amor; a bile amarela, ou a cólera, está ligada à irritação, à raiva...

— É o mau humor! — brinquei. Ele pareceu não ligar.

— A fleuma está ligada à moderação, à frieza...

— A um inglês fleumático do século 19.

— Isso, vem daí mesmo. E a bile negra é desânimo, tristeza. Melancolia, na verdade. A própria palavra "melancolia" vem do grego antigo: *mélas* significa negro, e *cholé*, bile. Até o século 17, os médicos associavam quase todas as doenças existentes ao excesso ou à falta de um desses humores.

— Entendi. E você, um sádico, quer entregar a tradução de um texto sobre melancolia a alguém que passou os últimos meses tentando se livrar dela.

— Calma, é quase isso. Na verdade, o livro se chama *Bible of the Black Bile*. Apesar do título truncado, é um tratado sobre a bile negra. Pelo que minhas fontes comentaram, é fascinante. E olha, foi você quem ligou perguntando se eu tinha trabalho.

— Tá certo. Mas é um tratado o quê? Médico?

— Também, pelo que li, mas é mais abrangente. O estudo parte da medicina pré-moderna, mas passa pela psicologia, pela filosofia, pela sociologia, e até por uma espécie de ocultismo.

— Sei. E qual é o seu interesse em publicar algo do tipo?

— Alguns. Entre eles, o autor. Grigora.

Revirei a memória por um instante.

— Grigora?

— É, só isso. Pseudônimo, com certeza. Pelo que apurei, ninguém sabe nada sobre ele, ou ela. É uma figura misteriosa, não se sabe de onde é, o que faz, se está vivo, se morreu...

— Ainda não entendo porque isso é interessante.

— Vex, você conhece a nossa linha editorial. Ao menos a atual. Esoterismo, misticismo, ocultismo...

— Sim, os *"ismos"* que vendem.

— Tem que ser, ao menos para a gente financiar os projetos mais legais. E esse autor, onde é traduzido, vende muito.

— E como é que a gente não o conhece?

— São tiragens restritas, para um público bem cativo, feito de, *hm*, seguidores — virou-se para a janela, os belos olhos mirando o nada. — Parece que as teorias dele são ridicularizadas pelos poucos cientistas sérios que as conhecem, mas atraem uma quantidade razoável de excêntricos, esquizoides. Você saca os tipos.

Sim, estava acostumado às figuras nas palestras em que eu trabalhava como intérprete de autores tão estranhos quanto a plateia. Peguei o calhamaço original e acertei os detalhes com Môa, que me pagaria pelas trintenas de laudas traduzidas – como eram por volta de quatrocentas, eu teria bastante trabalho pela frente.

5

Deixei o prédio quando a tarde começava a declinar, em dúvida se já marcava algo com a San ou se ia para casa começar a tradução. Resolvi fazer ambos, nessa ordem. A voz dela não soava muito promissora quando atendeu.

— Oi, Vex. Dormiu bem? Nem se mexeu quando saí.

— Muito bem. Não acordei porque estava ocupado com você num sonho. Tudo bem por aí? — A cantada passou longe.

— Tudo... acho.

Pressenti a velha história.

— Que foi? Culpa, de novo?

— Peraí — ouvi-a se afastando do som de vozes e fechando uma porta. — Não sei direito. Não tô muito legal hoje. Tô me sentindo dispersa... Sentindo uma inquietação bizarra, um incômodo — deixei-a falar. — Tô com medo de ter a ver com aquela perda de controle de que falamos. Não faz sentido, ainda mais depois de um final de semana tão bacana.

— Ainda bem que você acha isso.

— Claro que acho, foi ótimo. Mas hoje parece que nada aconteceu. Só consigo pensar em como vou me ferrar caso me descuide. Pelo menos posso falar sobre isso com você.

— Pode, claro que pode. Quer me encontrar mais tarde pra gente conversar?

O silêncio de três segundos durou muito mais.

— Quero. Saindo daqui posso ir até sua casa pra devolver o prejuízo da sua visita.

— Tá, vou preparar uma pizza de micro-ondas para retribuir sua recepção imperial. Aí também te conto do trabalho maluco que peguei com o Môa.

No caminho para casa, não me entendi direito com os meus estados de espírito. Embora me sentisse animado com o trabalho a fazer e com a intimidade recém-estabelecida com a San, algo me acelerava o sangue.

Sabia que, ao conversar com ela enquanto tomávamos uma taça vinho, eu conseguiria afastar as nuvens que se acumulavam e, quem sabe, o par de escleróticas sujas que teimava em voltar à minha mente. Que diabo era aquilo? A imagem impunha um enigma que ainda me parecia tão inquietante quanto insolúvel.

Cruzei o portão da pequena vila e entrei em casa, com o sol já resvalando no horizonte. O sobradinho onde eu morava era herança de meu pai. A casa mais distante da rua por onde se entrava na vila, a poucos quarteirões da avenida Sumaré - mas, ainda assim, longe o bastante do barulho. Uma vez dentro, dei um jeito rápido na desordem - sequer tinha tirado a toalha molhada de cima da cama após o banho da manhã - e comecei a fazer pesquisas na internet a respeito do ou da tal Grigora e a sua bile negra.

Encontrei muitos *links*, mas nada confiável: sites e mais sites de origem duvidosa, propondo biografias estapafúrdias - um deles até contava que ele ou ela, na verdade, são muitos: toda uma família em que os descendentes mais recentes dão sequência às pesquisas e ao trabalho de antepassados, que se perdem na noite dos tempos. Ao que parece, a pessoa conseguiu manter essa cortina de fumaça em torno de si. O assunto me interessava cada vez mais e, quando a campainha tocou, estava absorto. Sequer tinha visto a mensagem de San avisando que já estava a caminho.

O melhor sorriso que arranjei se desfez assim que abri a porta e a vi. Os olhos muito abertos, as narinas dilatadas, a boca curvada para baixo; o rosto dela era todo apreensão. Contornou-me em silêncio e se jogou no sofá, esfregando as têmporas com as pontas dos dedos médios.

— Vamos tomar alguma coisa? Tô precisando.

Corri para a cozinha e abri a garrafa de tinto que pusera para resfriar. Servi uma taça para San, que bebeu dois longos goles.

— Me conta — falei com ternura, sentando-me ao lado dela e apertando-lhe a nuca suavemente. Os olhos, ainda muito abertos, umedeceram-se. Por meio de espasmos, contou-me que, depois de falar comigo à tarde, foi piorando. Começou a sentir os sintomas de sempre, porém ainda mais violentos. Procurei acalmá-la com um abraço e ela me rejeitou quase que inconscientemente.

— Você sabe como é, né? A sensação horrorosa de que tudo ao redor está se distorcendo, se tornando monstruoso. Os pensamentos, *hm*, mortificantes...

— Sim, eu sei. Mas você sabe também que existem muitas formas de controlar isso, inclusive com remédios.

— Pois é, tô vendo que não vai ter jeito. Achei que esse desvario estivesse *sob controle* — respirou fundo. — Mas acho que não está.

Encarei-a por um bom tempo. San olhava para o vazio.

— Me dá logo o contato da sua psiquiatra, vai? E mais vinho também.

Passei o telefone da doutora Norma para ela e enchi as taças com certo alívio.

San tomou outro longo gole.

— Pensei que tivesse a ver com a morte do meu pai, mas acho que não. Já vivi o luto... É algo mais profundo, e acho que é mais ameaçador. Até porque não sei direito de onde vem.

— Eu pensava dessa forma também, até descobrir aqueles conflitos bem antigos, bem nocivos. E aí não foi tão difícil criar um antídoto.

Ela se virou e olhou para mim pela primeira vez, esperançosa.

— Mas e se eu não conseguir fazer descoberta nenhuma?

— Você nunca vai saber se não tentar, né? Liga amanhã pra doutora Norma, e vê se se livra do Rubens.

Ela arriscou um sorriso, os lábios e os dentes escurecidos pelo vinho. Estava um pouco mais calma.

— E você? Como tem levado?

Não queria entrar no assunto, então dei voltas. Falei sobre o projeto que o Môa me passara, enquanto sentia a narcose alcoólica agir sobre o cérebro.

Ela se interessou de início, mas depois não gostou muito da ideia de eu trabalhar com um assunto ao qual ainda estaria sensível. Assegurei-lhe que a coisa parecia tão extravagante que no final seria divertida; além do mais, eu estava precisando da grana.

Era curioso como nos sentíamos livres um com o outro, à vontade em meio à intimidade crescente. Percebi que, com aquele sutil pedido de ajuda, ela teve que aceitar meu avanço em seu território - o que eu fazia com todo o cuidado possível.

A noite seguiu. Depois de tomar a segunda garrafa e de comer algo, assistimos - eu, pela nona vez - à primeira metade de *Aguirre, a cólera dos deuses*. E fizemos amor por boa parte da segunda. O termo é esse mesmo, *fazer amor*, pois ambos continuávamos ali, presentes, não só com nossos corpos.

A diferença é que, agora, ela logo se mostrou empenhada em dominar, talvez para se certificar do controle que tanto temia perder. Ao subir em mim, cravou com força as unhas no meu peito e agravou o timbre da voz: é provável que eu fosse, naquele momento, o cavalo traidor que levava seus pensamentos para longe da paz. Por isso ela vigiava com cuidado os meus movimentos, afastando-me e me aproximando de acordo com sua vontade, submetendo-me ao transporte do seu prazer. E eu não me importava em receber ordens. Pelo contrário, aquilo me excitava demais, deixar-me conduzir daquela forma.

Dormi a seguir. Sequer notei que, diferentemente do que sempre ocorria depois de transarmos, ela se trancou em um silêncio de aço.

6

Durante a mesma noite, tive enfim a certeza de que algo não ia bem. Foi um dos momentos mais aterrorizantes da minha vida. No entanto, também foi uma cena que, se comparada às que a sucederam, não configuraria um espetáculo tão grotesco. Pelo inesperado e pela hora em que se deu, porém, o ocorrido queimou as minhas retinas, e essa evocação atormentará para sempre a minha paz.

Adormeci no sofá, presumindo que ela também. Estávamos bêbados, esvaziados pelo sexo, então sequer considerei ir para a cama, no andar de cima. Como costuma acontecer em noites assim, acabei acordando durante a madrugada, a boca seca, a cabeça dolorida. E quando abri os olhos, alguns segundos depois de aliviar o chumbo da sonolência, um espasmo me lançou para trás.

O abajur da sala continuava aceso, mas seria melhor que estivesse apagado. Sim, pensando bem, seria melhor que eu não tivesse visto aquilo, que tivesse permanecido na ignorância e seguido em frente, até que tudo se encontrasse definitivamente perdido. Pelo menos a vida continuaria sem que eu ligasse fatos desconexos de modo a conceber possibilidades enlouquecedoras.

Por outro lado, tais fatos pareceram se atirar sobre mim, ainda que eu procurasse me esquivar deles. Foi o que aconteceu naquela vez. Na verdade, a luz do abajur se atirou sobre o rosto da San.

Mas ela não estava ali – não eram dela aqueles olhos que, quando acordei no meio da noite, fitavam-me muito abertos e sem piscar, em silêncio e a poucos centímetros dos meus. Chamei-a, mas ela permaneceu ausente. Os olhos me acompanhavam enquanto eu me movimentava pela sala, e seu corpo se revirava conforme a cabeça se mexia – uma cabeça que parecia presa a um grande saco de ossos e carne, arrastando-o pelo sofá de acordo com os meus movimentos.

Não parecia sonambulismo. Mas eu não me atrevia a tocá-la, pois me lembrava de algo assim sobre como lidar com sonâmbulos.

Eu estava muito assustado, isso sim. Mesmo que me colocasse atrás de uma parede, sem emitir ruído algum, os olhos dela de alguma forma me perseguiam. Fui até a cozinha, de onde poderia tentar acordá-la sem ter que encará-la, e a chamei, quase suplicando.

Não funcionou. Quando respirei fundo e voltei para a sala, percebi uma leve diferença no olhar. Sim, havia algo ainda mais inquietante naqueles olhos que já não piscavam há vários minutos. Algo nos vazios, nos espaços ao redor das córneas. Aproximei-me e confirmei a suspeita: escurecidos.

Conforme me aproximava, comecei a experimentar sensações horríveis. Era como se aquele esgar ressuscitasse pensamentos que eu imaginava esquecidos. Um enxame de vislumbres medonhos, repulsivos, atiçados por algo cujo poder eu ignorava. Minha cabeça latejou, sufoquei um grito; fechei bem os olhos e me sentei em uma cadeira em frente ao sofá.

Ela também estava sentada, o corpo nu desconjuntado. Com meus olhos fechados, senti a cabeça me acompanhando, o peso daquele olhar me oprimindo. Tentava me controlar pensando em alguma porcaria de doença que pudesse causar aqueles sintomas, quando a ouvi sugando o ar, um ruído tão desesperado quanto doloroso – como o de um mergulhador de volta à superfície após uma longa imersão.

Ela parecia ter recuperado a consciência e começou a chorar, desesperada. Enfiou o rosto nas mãos, esfregando-o com raiva, como se quisesse raspar dele uma crosta espúria. San chorava até o fôlego se esgotar. Depois, recuperava o ar com um doloroso gemido – e recomeçava.

Observei-a aturdido por alguns segundos, sem saber como reagir, até me sentar ao lado dela, que parecia não dar pela minha presença. Hesitei um pouco antes de abraçá-la. Quando o fiz, ela chorou com ainda mais violência. Deixou-se abraçar no primeiro momento, para depois forçar o rosto contra meu peito, como se quisesse enterrá-lo ali.

Eu a apertava, tentava protegê-la de algo que eu ainda não sabia o que era.

— O que aconteceu? Um pesadelo?

San convulsionava, tentando recuperar o controle. Abracei-a novamente.

Tentou falar, mas desistiu. Manteve o rosto apoiado em meu peito. Ficamos assim por muito tempo, eu tentando acalmá-la com o abraço mais vigoroso de que era capaz, ela chorando até o final de suas forças. Quando enfim pareceu mais tranquila, ergueu os olhos. Mas não consigo me lembrar nem da ternura de seu olhar aparentemente refeito, nem da pele avermelhada em volta das órbitas; quando penso naquele momento, apenas as escleróticas escurecidas permanecem. Talvez imperceptíveis a alguém desatento, mas escurecidas ainda assim.

7

De onde me encontro, não faço ideia. Mas é noite funda. Explosões no céu, muitas e ininterruptas, clareiam uma espécie de descampado. Sei que não são relâmpagos, nem fogos, nem bombas, mas não sei o que são. Não emitem barulho algum, só laceram o ventre acima com rapidíssimos fachos de luz, de diferentes matizes. E do ventre rasgado despencam partículas negras cujo teor também desconheço. Começo a andar, sem rumo, quando algo pequeno, mole e quente se choca violentamente contra minha cabeça. Levo algum tempo para me recuperar da pancada. Depois, aos meus pés, os relampejos me mostram um recém-nascido ainda vivo, a despeito da queda, chorando a plenos pulmões. Afasto-me mais do seu choro do que de sua pobre figura, sem saber o que fazer, quando, à minha esquerda, despenca outro bebê. Noto-o um pouco maior, já tem um ou dois anos, e também chora desesperado. As sombras continuam se preenchendo por pequenas explosões de luz, e é por meio delas que percebo a semelhança entre esse bebê e o bebê que eu fui. Não há movimentos, apenas fotografias insólitas de suas mãozinhas estendidas para mim, de seu caminhar desequilibrado, de sua boca babando e engasgando de tanto se esgoelar. Saio repugnado, percebendo ao meu redor uma onda de choros se avolumando. À minha frente, sob o céu eviscerado, despenca uma figura maior: já uma criança com quatro ou cinco anos, que mal se choca contra o chão e passa a correr na minha direção, revirando os olhos, berrando. Desta vez, não desconfio: sou eu, sou eu aos quatro ou cinco anos, buscando não sei qual tipo de alívio. Desvio-me daqueles fragmentos iluminados e começo a correr sem rumo. Por todos os lados crescem os lamentos, agudos e graves, quase que encobrindo o som dos meus passos e da minha respiração ofegante. Com o canto do olho, vejo no ar formas negras e maiores, recortadas contra os clarões distantes. Mudo de direção, mas dos outros lados elas também caem. São delas, ou meus, os choros graves, pois todas são eu: adolescente, quase adulto, agora, muito mais velho; todos despencam e me perseguem, os mais velhos já furiosos em vez de desamparados, os olhos sanguíneos revelados pelos clarões que só se multiplicam. Mesmo exausto, corro, lançando olhares para a multidão ao meu encalço, até que, caindo por todos os lados e à minha frente, sou encurralado. Apanha-me, mais gemendo do que chorando, aquele que deve ser eu já com uns sessenta anos, amparado por outro de setenta, observado por outros mais velhos, cujas expressões distorcidas por ímpetos brutais apenas entrevejo. Derrubam-me com a força trêmula, mas ainda firme, dos idosos, e puxam minha cabeça com força crescente: querem arrancá-la do meu pescoço. A multidão me alcança e faz o mesmo com meus braços e pernas, cada um em uma direção. Sinto meus músculos, vasos e nervos se rompendo. E ainda percebo, no céu acima, um véu escuro a soterrar os clarões... Depois, mais nada.

8

Adormecemos ao amanhecer do dia seguinte. Ela avisou que não trabalharia naquela manhã e nos levantamos quase que pela hora do almoço. Preparei algo rápido para nós, certifiquei-me de que ela estava melhor - mais calma, pelo menos - e a acompanhei até o carro. Foi com algum alívio que a vi partir; eu mesmo tinha muito no que pensar.

Não comentei com San sobre o que acontecera no meio da noite. Ela parecia não se lembrar com detalhes, recordava-se apenas de pesadelos, e eu não queria perturbá-la ainda mais. Tudo aquilo me atormentara muito além do que eu pudesse controlar. Não consegui dormir por mais do que três ou quatro horas, e apenas quando amanheceu.

Havia ainda os pensamentos que aquele olhar despertou em mim e que não mais se desfizeram. Pensamentos tenebrosos, nada menos do que tenebrosos, e que, desde quando passei a me sentir, digamos, *curado*, imaginei vencidos. Mas algo no olhar de San, ou por trás dele, os tinha despertado. Como o espectro de uma mão na escuridão, tinha se aproximado dos meus recessos mentais e se agitado para causar essa revoada de marimbondos peçonhentos.

Pois era uma revoada que me tomava a cabeça, e que ocultei da San para não inquietá-la. Eu queria, antes de recorrer à doutora Norma, acalmar a tormenta por conta própria. Já fui capaz disso em outras circunstâncias, mas não estava conseguindo repetir a proeza agora.

Segui o método de sempre. Encontrei o vinil de "In the gardens of Pharao", do Popol Vuh, e coloquei o lado A sob a agulha da vitrola. Então, enrolei um baseado e me sentei no sofá, o fumo ardendo entre os dedos. Passada meia hora, concluí que foi em vão. De nada me serviam, naquele momento, a erva e a melodia do coral sintetizado, a cujo efeito tranquilizador eu tantas vezes recorrera.

Pensei em ocupar a mente de outra forma. Meio aéreo e ainda perturbado, olhei para o calhamaço que o Môa me entregara, em cima da minha mesa de trabalho e para lá me dirigi. Sentei-me e comecei a ler, encontrando certa dificuldade em prestar atenção:

"*Bible of the black bible:*
The definitive study of melancholia and its occurrences throughout centuries
By Grigora"

A grandiloquência me irritou, mas ao menos estava funcionando. Eu começava a me distrair. Continuei a ler por um bom tempo, apesar de contrariado pela forma empolada e confusa com que o autor apresentava suas ideias.

A tarde já declinava quando o celular ao meu lado começou a vibrar. Era o Téo. Na voz cavernosa dele, antecipei catástrofe.

— Vex, a Lina, irmã da San, acabou de ligar pra Vera. Parece que ela bateu o carro.

O estrondo do calhamaço caindo no chão me tirou da leseira.

— Quê?

— Não falou muita coisa, mas tava bem nervosa. Levaram pro Hospital Alvorada, em Moema. Sabe?

— Sei, claro. Tô indo.

Desliguei e a vertigem me obrigou a me sentar. Olhei ao redor, sem ver; os objetos à minha frente e toda a minha casa se tornaram subitamente desconhecidos. Tonto, levantei-me e joguei água no rosto. Ao me ver no espelho, não me reconheci. Aproximei-me da superfície refletida a ponto de só enxergar meus olhos, quase que os forçando a derramar uma lágrima, mas continuaram secos. Então a vertigem cedeu ao alheamento. Afastei-me e vi, refletida, a grande faca presa à parede da cozinha, e sustentei o olhar por algum tempo ali.

Ao alheamento sucedeu um pressentimento demolidor. Diante do que havia acontecido na última noite, algo me fazia crer que San não estava nada, nada bem. Não poderia estar, era quase proibido que estivesse. O pressentimento se transformou em uma consciência aguda. A partir do momento em que me deparei com aquela garota no consultório, havia três ou quatro dias, o mundo pareceu ter sido abandonado a forças tão cruéis quanto indiferentes.

Não era fácil definir esse sentimento, mas fui me dando conta dele conforme me deslocava pela cidade. Ia para o hospital, nauseado. Eram forças tão cruéis e indiferentes quanto a maior delas: o sol, o sol que se instalara como uma punição após um final de semana ameno. A São Paulo ensolarada e sem vento era uma São Paulo mais adensada, exaltada, barulhenta, o que apenas acelerava meu sangue e acentuava a sensação de que um cataclismo não tardaria muito a dizimar tudo aquilo.

Era como se, fustigados por aquele olhar, os milhares de marimbondos se aproveitassem da ausência de vento para se fartarem, aferroando qualquer pensamento pacífico que eu viesse a ter.

Enquanto o ônibus avançava pela avenida Santo Amaro, ultrapassando uma inacabável serpente de carros, percebi que algo errado acontecia comigo. Minha mente vagava por lugares lúgubres, acossada pelo enxame. E por mais que me desse conta disso e tentasse me aferrar a frivolidades, em algum momento eu me descuidava, e ela escorria de novo para aqueles meandros. San devia estar à beira da morte. Eu estava arruinado; a cidade, perdida; o mundo, acabado. Chacoalhava a cabeça e tentava me distrair olhando para os passageiros, mas todos me pareceram monstruosos. Quando enfim cheguei ao destino, tive de me ocupar com eventos terríveis de fato.

A primeira pessoa que encontrei foi Vera, a quem não precisei perguntar nada.

— Ela tá sendo operada — estava tensa, os lábios tremiam. — Parece que corre risco.

Abracei-a e ela mal pôde corresponder o gesto.

— Alguém sabe como aconteceu?

— Disseram que ela perdeu o controle do carro e entrou com tudo num poste.

Afastei-me, ainda nauseado. Como isso podia ter acontecido? San era ótima motorista, não costumava se distrair enquanto dirigia. E parecia tranquila quando saiu de casa, livre da tensão causada pelos tumultos da noite. Pensava nisso quando vi Téo e CG chegando com mais notícias ruins.

— A Lina contou que induziram o coma — disse CG. — Parece que ela sofreu um traumatismo craniano severo.

— Porra.

Mal notei a palavra me escapando pelos lábios. O enxame voltou à carga com força e me sentei no primeiro banco que encontrei por perto. Os outros sentaram-se ao meu lado.

Olhei para CG, mas não o enxerguei direito. Uma espessa lente de vidro se instalara entre os meus sentidos e o mundo. Estava embotado, sentia vertigens de novo, afundava-me dentro de mim, e, tornando-me menor a todo instante, caí pelas profundezas ocas do meu corpo. Não consegui me mexer ou falar.

À visão de Lina, que vinha cambaleando pelo corredor, todos nos levantamos. Ela trazia pelo braço uma senhora encurvada, aniquilada. Dona Reiko, a mãe das duas. A filha acenou tristemente para nós ao passar, e a mãe sequer pareceu nos notar. Porém, percebi como seus olhos, quase fechados pela tristeza, iam longe, muito longe. Lina balbuciou que a levaria para tomar um pouco de ar e que voltaria em breve.

Além da lonjura, percebi outra coisa nos olhos cansados de dona Reiko. Não poderia negá-lo a mim mesmo, ou a quem quer que fosse.

9

Não pudemos vê-la. Ninguém pôde. De acordo com o que ouvimos da equipe de plantão, o pulmão e a cabeça foram perfurados. Depois de uma cirurgia de emergência, induziram-na ao coma profundo, e o estado era grave. Não tivemos outras informações sobre o acidente, não as procuramos. Pouco ou nada poderia ser feito a partir de então, senão esperar. Mas eu não esperaria ali, não poderia.

A náusea piorara, e eu também precisava de outros ares para organizar os pensamentos, que se tornavam mais e mais ameaçadores. Diante de expressões atônitas, despedi-me, saí e peguei um táxi de volta para casa.

O ar noturno continuava imóvel e pestilento, mas a temperatura estava mais amena. Decidi que, assim que chegasse, me enfiaria na tradução daquele calhamaço e só sairia dali com, no mínimo, cinquenta laudas prontas. Era capaz dessa abstração em nome de uma atividade intelectual mecânica.

Na verdade, precisava muito disso. Estava certo de que conseguiria sossegar aquele alvoroço na minha cabeça, de que me distrairia da tristeza e de que atenuaria o sobressalto causado pelo olhar escuro, dessa vez de dona Reiko. Foi apenas então que comecei a me dar conta de que, sempre que me deparava com o fenômeno, meus piores pensamentos se agitavam ainda mais.

Eram quase onze da noite quando me sentei diante do computador, o grosso livro à esquerda e uma tigela de café à direita. Estava exausto pelos acontecimentos do dia e pela noite mal dormida, mas pretendia trabalhar até que minha cabeça despencasse sobre as teclas.

No começo, não foi nada fácil me manter atento. Tentava imaginar como a San estaria naquele exato momento – ou melhor, *onde* estaria –, o que deflagrava uma tremenda confusão mental.

Aos poucos, no entanto, fui entrando no livro. Fui quebrando a rebentação inicial do texto; páginas e mais páginas de contextualização histórica a respeito da teoria dos humores, que, em mãos mais hábeis, talvez resultassem mais interessantes. Os atrativos daquele pensamento a respeito de humores que regiam nossa saúde mental e física se diluíam na prolixidade do autor. Era difícil apreender o sentido das frases longas e desconjuntadas pelas quais ele situa as ideias de Hipócrates e de seus seguidores de Cós a respeito do assunto. Eu apenas fazia anotações esporádicas, saltando sobre longas algaravias, para depois voltar a elas.

Assim continuei, mais flanando pelo texto do que o lendo. Detive-me, contudo, nos trechos em que Grigora discorre sobre os pormenores da bile negra. Sobre como Aristóteles a associava ao gênio criativo, sobre infindáveis tratados medievais a respeito do "sangue seco e escuro", cujo excesso subjugava e prostrava o enfermo, e sobre suas associações com a lúgubre figura de Saturno. Havia ali conexões interessantes, ainda que espalhadas de forma desorganizada, impulsiva. Eu lia disperso, cansado, e parei inúmeras vezes para trocar mensagens com Téo. Nada tinha mudado. Ela seguia em coma.

Já ia abandonar a leitura quando cheguei ao capítulo em que Grigora disserta sobre um suposto *magnetismo* da bile negra.

Minha atenção foi capturada por esse trecho. Ainda que fossem absurdas – por assumirem a existência do humor nos tempos atuais –, as teorias do autor mexeram comigo. Segundo ele, a bile negra persistia no corpo humano, não mais na forma de um denso líquido escuro, mas como partículas minúsculas espalhadas pelos outros humores. Quando sujeitas a uma combinação específica entre fatores externos e internos, uniam-se umas às outras em uma proporção que jamais teria fim.

Conforme refletia sobre aquilo, acomodei o calhamaço à frente e me estiquei na cadeira. Quase três da manhã, meus olhos pesavam toneladas. A relação que por fim estabeleci entre aquele trecho e os acontecimentos dos últimos dias me deixou bastante apreensivo.

Por outro lado, tentei refutar aquela bobagem. Era apenas um autor obscurantista registrando uma possibilidade científica absurda, sem qualquer embasamento, e cuja identidade sequer era conhecida. Mas àquela hora morta, e diante do que havia acontecido, as associações acabaram por me pegar em cheio. Levantei-me, sem pensar direito no que fazia. Precisava descansar.

***

— Que bobagem — desta vez a doutora Norma nem fez questão de ocultar o desprezo na voz. — Isso soa crendice.

— Eu sei, doutora, nem discuto a questão científica. É só que a leitura me perturbou. Acabei fazendo conexões meio bizarras —

— Não vejo conexão alguma. Nenhuma relação entre o acidente da sua amiga e esse desatino.

Ela parecia mesmo incomodada. Eu ainda não tinha mencionado os olhos escurecidos, nem a San como uma estátua.

— Não é bem isso. São aqueles pensamentos ruins de que falei. A coisa começou, sei lá, do nada.

— Como do nada? Vex, você é um rapaz esclarecido. Avoado, mas esclarecido — ajeitou-se ruidosamente na cadeira de couro. Uma artimanha que eu conhecia bem, usada para reivindicar toda a minha atenção ao que diria a seguir. — Você tem total consciência do que enfrentou e do quão recente isso ainda é. Sabe que está frágil. Então, me pergunto como é que você não atribui esses pensamentos a todo esse turbilhão recente. Sem falar no reencontro com os amigos, a Sandra, e depois essa fatalidade.

— Claro que atribuo. Tô me sentindo péssimo, todos estamos. A San é amada por todo mundo. Só que tem outra coisa, também, algo que vi aqui pela primeira vez e depois outras duas vezes.

Ela se mexeu de novo na cadeira.

— Qual *coisa*?

Respirei fundo.

— Acho que a senhora vai ficar meio irritada, ou até achar engraçado. Mas na última vez em que vim pra cá, cruzei com uma moça na sala de espera. Os olhos dela me impressionaram muito.

— De quem você está falando? — Ela não piscava.

— Não conheço, nem sei se é sua paciente ou de outro psiquiatra. Uma moça magrinha, de olheiras profundas.

— Acho que sei quem é. Não é minha paciente, mas já conversei com ela. O que tem? — A voz veio carregada de desafio.

— Não sei se a senhora percebeu nas últimas vezes em que a viu, mas os olhos dela... o branco dos olhos, sabe? Eu a vi rapidinho, mas tive certeza de que estavam meio... — eu pesava cuidadosamente as palavras — escuras.

— Escuras como?

— Hã, como se... estivessem sujas, encardidas.

— Mas o que isso tem a ver com todo o resto? E se a moça tem algum problema hepático? Você sabe, hepatite muda a coloração da pele e dos olhos.

— Ah, doutora, não sei, não me parecia isso. E tem mais, também, a San...

Ela não me interrompeu dessa vez. Parecia de fato me ouvir.

— Na noite anterior ao acidente, ela dormiu em casa. No meio da madrugada eu acordei, e... e ela estava... parecia sonâmbula. E os olhos pareciam sujos também.

A voz dela retomou o tom de desprezo.

— Olha, Vex, eu tenho a impressão de que você ainda não superou os seus surtos alucinatórios. Não sei que espécie de fantasia você está construindo aí na sua cabeça, mas ligar um acidente a uma teoria extemporânea e a *olhos sujos* —

— A senhora não precisa usar esse tom comigo. São só coisas que me passam pela cabeça, algumas entre muitas outras, e não quero me arrepender por compartilhá-las com alguém que cobra caro justamente pra isso.

Não preciso comentar como a sessão seguiu. Observo apenas que se tratou de um acalorado desabafo meu, por meio do qual, a despeito de toda a autoridade que ela exercia sobre mim, enfim expus uma série de questões que me incomodavam, às quais ela escutou sem tirar de mim aquele olhar insondável.

Concluí dizendo que não pretendia mais continuar, que pagaria pelo "trabalho" daquele mês e que, considerando-o finalizado, me concederia alta. Ela respondeu apenas com um sorriso irônico, quase imperceptível. Depois meneou a cabeça, cumprimentou-me com frieza e, da mesma forma, desejou-me boa sorte.

Saí de lá agitado pela descarga de adrenalina. Ao entrar no ônibus rumo ao hospital, sentia-me estranho, mas também aliviado. Precisava de uma chacoalhada assim. Fora um pouco impulsivo ao decidir interromper o tratamento daquela forma, mas a possibilidade já passava pela minha cabeça fazia um certo tempo. No fundo, me sentia melhor, aliviado também pelo custo que deixaria de ter. Não consegui trabalhar direito nos últimos meses e minhas economias estavam quase no fim. Foi a decisão correta.

No caminho, recebi uma mensagem do Téo avisando que já podíamos ao menos vê-la. Ela seguia em coma, na UTI, mas os médicos liberaram a visitação em horários restritos. Quando lá cheguei e a vi através de uma espessa placa de vidro, as boas sensações causadas pela catarse na sessão evaporaram.

No mesmo instante percebi que foi um erro visitá-la. Já seria devastador vê-la daquela forma, quase toda enfaixada e entubada. Porém, pior foi o que notei em seus olhos, apesar de estar a alguma distância do leito dela. Pude ver que estavam entreabertos: eram duas fendas negras... *cintilantes*. Perguntei ao Téo, ao meu lado, se ele também via aquilo.

— Os olhos dela? Não, estão fechados — antes que eu pudesse responder, ele tocou meu ombro. — Vem, vamos sair, já vi o bastante.

No corredor, a caminho da saída, insisti.

— Vex, não sei do que você tá falando. Só vi a San lá. Ou melhor, vi um corpo todo estropiado, e a San parecia ausente.

— É isso, ausente. Mas algo está lá, no lugar dela, porque... porque ela continua viva.

— Algo no lugar dela? Cara, você tá precisando relaxar um pouco. Os últimos dias foram muito intensos pra gente, e principalmente pra você. Tenta descansar um pouco, você parece exausto.

Era raro que ele falasse com tanta franqueza. Cumprimentei-o e saí, com a intenção de voltar dali a algum tempo. Não conseguiria explicar nem para um amigo íntimo o motivo pelo qual eu queria visitá-la com mais calma - e sozinho. Então, tive que despistá-lo. Fingi que iria embora, mas atravessei a rua e parei em um café ali por perto, onde fiquei por um longo tempo observando a entrada do hospital. De lá, vi a Vera entrar, com ar pesaroso. O céu estava carregado, ventava e notei como as roupas dela, mais largas do que o normal, revoltavam-se. Cerca de vinte minutos depois, ela e Téo saíram apressados por conta da chuva que começava a cair.

Em meio ao aguaceiro, um sino badalou: seis da tarde. Eu tinha mais uma hora. Corri de volta para a UTI. Nenhum parente dela havia chegado, então entrei sozinho na área de visita. Pude observá-la com calma. Ela estava no leito à minha frente, e apenas aquele à esquerda se achava ocupado. Encarei as duas frestas escuras, que, ao lado da boca entubada, eram as únicas partes livres de faixas em seu rosto.

Depois disso, e agora tenho certeza, nada foi como antes.

Eu vinha dizendo que, até ali, apenas percebia as evidências de que algo ia muito mal. Eram impressões, afinal. Talvez infundadas, talvez distorcidas, nenhuma delas consistente, é verdade. Eu sabia o que tinha visto; só que ninguém mais vira. Poderia ter sido mesmo apenas alucinação. Mas aquilo, não. O que saiu devagar dos olhos de San, das fendas em que se transformaram; aquele par de enormes sanguessugas desafiando a gravidade, não.

Aproximei-me do vidro de proteção e não consegui mais desviar os olhos. As sanguessugas começaram a sair das órbitas, a vazar lentamente em direção ao teto, recortando o ar, retorcendo-se. Já eram como serpentes, sinuosas e em silêncio. Hipnotizando-me. Duas veredas negras partindo do amontoado de faixas brancas rumo ao alto – até voltarem subitamente para dentro dos olhos. Alguns segundos depois, um enfermeiro e uma médica entraram na sala.

Falho e sempre falharei ao descrever o que senti ao ver aquilo. Os marimbondos em minha cabeça voltaram a se enfurecer, ainda mais frenéticos do que antes. Do momento em que aquelas serpentes surgiram até quando retornaram aos olhos, um amontoado de fragmentos passou pela minha mente. Traumas, fobias, arrependimentos, pesadelos esquecidos havia muito tempo; tudo galvanizado, terrivelmente vívido e verdadeiro. Embora se manifestassem por meio de lampejos, eu conseguia distingui-los. Sinto meu coração disparar e meu fôlego rarear: dessa vez havia alguma organização, como se os fragmentos ocupassem lugares específicos em um grande e pavoroso esquema.

Senti-me arrasado. Permaneci na UTI por mais um tempo, sem saber direito o que fazer, apenas observando San. Um enfermeiro havia fechado os olhos dela. E eu, apesar de querer fugir, não conseguia deixá-la. Mesmo sabendo que ela já não estava ali

10

Saio até uma sacada qualquer, que desconheço. Estou em um andar alto; à minha frente, nenhum prédio, apenas o carpete de casas decadentes, grudadas umas às outras, ondulando conforme a paisagem se acidenta. Um sol incerto se suspende no horizonte enevoado, quase tocando a linha irregular de casas e mais casas e mais casas. Olho ao redor, para as árvores imóveis que entremeiam as construções aos meus pés. Nada de vento. Sequer uma aragem. O ar está morto. O calor me torna pegajoso, gruda meus braços às minhas costelas, e é a secura que parece cristalizar os gases nocivos na atmosfera matinal ou crepuscular, não sei bem. Não sei bem se o sol, parado à minha esquerda, se põe ou se ergue. Não se move, como nada além de mim se move. Ninguém na rua, nenhum ruído, a despeito da imensidão da cidade. Muda, estática. Tudo isso me ocorre em poucos segundos, ou em centenas de séculos. Então avanço sobre as grades do parapeito e, em um desafio à impertinência do ar, atiro-me. Raríssimos instantes de vento e um baque seco me acolhe no chão, rebatido pelas ruas desertas. Sinto meus ossos esmigalhados, minha carne rompida, minha pele rasgada. Olho para meu corpo, a visão sob o filtro vermelho do sangue que corre do meu crânio, e a sensação se confirma. Apesar de ter todo o corpo desarticulado, ergo-me e daqui consigo ver o sol, zombeteiro, no mesmo lugar. Coloco-me em pé, um joelho virado ao contrário, uma perna fraturada em vários lugares, o ombro esquerdo quase na altura da costela. Sem hesitar, disparo em direção à parede de uma casa próxima, sob o chocalho dos ossos quebrados. Projeto minha cabeça contra o concreto, inclinando-a como um touro enfurecido, até o choque. O sangue jorra quente e salgado, invadindo minha boca desdentada. O impacto me derruba novamente. Olho dali para o sol e para as árvores: nenhum movimento. A poucos metros de mim, vejo uma casa com portões gradeados que culminam em espetos de ferro. Ergo-me novamente, avaliando com as pontas dos dedos a fenda que se abriu no alto de meu crânio, cutucando a carne esponjosa do cérebro. Vou até a casa e, com muitas dificuldades impostas pelos sentidos diversos de minhas articulações, escalo o muro que está ao lado dos portões gradeados. Uma vez sobre ele, olho para o sol, que permanece no mesmo quadrante, e me projeto de costas na direção das pontas de ferro. Uma delas se enterra até a metade em meu crânio, e outras seis atravessam meu corpo. Sinto as barras de ferro ásperas roçando as minhas entranhas, conforme desço trespassado por elas. A ponta que me perfura o crânio também vai abrindo seu caminho em direção à superfície de minha testa, até que, entortando os olhos, consigo vê-la surgindo bem acima do meu nariz. Não posso mais me mover, tampouco consigo me extinguir. Mas sigo atento a qualquer mudança logo acima. O céu está avermelhado, o sangue inunda o mundo. Ainda assim o coração dispara em galope quando noto a ausência negra mais além, acima da vermelhidão, engolindo-a também.

11

Foram muitos os devaneios depois de ter visto aquilo na UTI. Muitos e devastadores. Em qualquer momento do dia ou da noite, de um segundo para outro, eu me via no meio não mais de revoadas de reminiscências, mas de fantasias tão engenhosas quanto maldosas, doloridas. Pelo teor, eram narrativas concebidas com empenho demoníaco, cuja única finalidade era me subjugar. Os enredos eram uma mistura de tudo o que sempre me afligiu. Todos os complexos, os traumas, os medos, costurados de modo a me mortificar.

E me mortificaram de fato. Depois daquela tarde, foi como se eu tivesse sucumbido. Regredido. Sentia-me de tal forma frágil e perturbado que já na manhã seguinte procurei a doutora Norma.

A perturbação só aumentou quando fui informado, pela secretária, de que ela havia tirado uma licença médica. Por qual motivo? A moça não sabia, nem se era grave ou não. Disse-me apenas que ela pediu para avisar aos pacientes que ficaria quinze dias ausente. E que eu, como havia interrompido o trabalho, não precisaria ser comunicado.

Desliguei sentindo a vertigem me dominar. Depois de alguns dias sozinho em casa, já não confiava na minha própria sombra. Quanto a San, evitei visitá-la por um tempo. Téo e os outros me informavam de que tudo continuava da mesma forma. E foi em uma dessas mensagens a Téo que, contrariando meu orgulho e me vendo sem saída, enviei um pedido de socorro, dizendo que um papo não me faria nada mal.

A resposta foi um lacônico "passo aí", diferente do costume. Mas ele de fato acorreu assim que pôde. Na noite daquele mesmo dia, apareceu em minha casa. Quando abri a porta e o vi, presumi que precisava mais de um papo do que eu. Outra vez eu abria a porta para um espectro, ao qual não consegui sequer dizer "oi".

Téo parecia exausto, sem dormir por muitas noites. A impressão que tive é de que algo o devorava por dentro. Estava translúcido, o rosto encovado, e os olhos - sempre astutos -, murchos. Eu tinha diante de mim, naquela noite abafada, a figura de alguém prestes a se render.

Trouxe-o para dentro e, como um boneco, coloquei-o no sofá. Abri duas garrafas de cerveja e deixei uma à sua frente, mas ele nem pareceu se dar conta disso. Os olhos piscavam conforme a boca expelia sílabas que pareciam as de uma sentença de morte.

— Eu e a Vera, cara... Não estamos mais...

Os olhos pararam de piscar. Diante do silêncio, projetaram-se a uma distância incalculável.

— O quê? Como assim? — Aquilo me parecia absurdo, despropositado. A união dos dois era algo tão certo como as estrelas ou os impostos. Ele continuou falando de muito longe.

— Não sei explicar, não ainda. Foi tudo muito rápido.

Ele pareceu acordar do torpor. Deu-se conta da cerveja e, movido pelo desespero, bebeu metade em três goles. Depois, voltou a se ausentar, falando por meio de murmúrios cada vez mais baixos, soprados.

— Ela começou a ficar estranha depois que rolou essa... essa fatalidade com a San. Foi se afastando, sem mais nem menos... Foi ficando fria e agressiva. Eu nunca vi a Vera daquela forma.

As palavras morreram em sua boca. Era assim que ele manifestava sua tristeza, desde sempre: matando aos poucos a voz, até emudecê-la de vez. Ele, que não suportava o silêncio e sempre tinha tantas coisas divertidas para dizer, com tiradas sobre qualquer assunto; quieto.

Com um sobressalto, não sei como me esqueci de minha própria condição e resolvi injetar um pouco de ânimo no ambiente:

— Ah, meu velho, acho que é algo passageiro. Os últimos tempos têm sido difíceis pra todo o mundo, principalmente pra Vera. Ela era... *é* muito próxima da San...

Olhei-o de relance. Ele continuava imóvel, o olhar perdido. Mas parecia me ouvir agora um pouco mais de perto, lançando-me olhares rápidos de vez em quando. Sempre achei curioso como, apesar de expansivo, Téo dificultava o acesso de todos ao seu âmago, mesmo daqueles em quem dizia confiar e dos quais gostava. Mas eu me acostumara. Enquanto falava, percebi que a cerveja já mexia com meu organismo.

— Parece que, de uns tempos pra cá, a lua em áries, o exu capa-bode ou a merda que for — um sorriso se esboçou nos lábios finos dele — lançou uma pilha de catástrofes na nossa frente.

Permanecemos em silêncio por algum tempo, tentando nos acostumar ao peso dessa confissão.

— O que aconteceu com a San mexeu demais comigo também, Téo. Você deve saber que ficamos juntos na noite antes do acidente, e no final de semana anterior.

Ele voltou a me olhar e entendi este gesto como um consentimento.

— Foi avassalador. Diferente de antes, sabe? Parece que rolou uma cumplicidade entre a gente... um respeito mútuo pelo que cada um de nós tinha passado. Enfim, nem vou entrar em detalhes, porque é a San, você conhece a figura. É bem provável que depois de alguns meses eu seria dado pras traças. Mas, sei lá, estava muito legal, mais legal do que de costume...

Olhei-o de soslaio: apesar de parecer um pouco mais afastado, ele continuava me ouvindo.

— Cara, o fato é que o acidente dela mexeu comigo de uma forma... preocupante — resolvi prosseguir sem prestar atenção a ele. — Desde então - até antes, na verdade -, tenho passado por umas experiências meio insólitas. Tenho visto algumas coisas que me marcaram. Já te falei disso, e insisto. Não sei se, depois, você se deparou com algo parecido... mas, de uns tempos pra cá... — resolvi poupá-lo dos rodeios —, tenho visto pessoas com olhos *escurecidos*.

O rosto de Téo se contraiu em uma careta. Presumi a censura dele, mas segui adiante. Além de convencê-lo, queria distraí-lo.

— É, cara, você vai ter que me ouvir. Escurecidos. O branco dos olhos, escurecido. A única pessoa com quem comentei sobre isso foi minha psiquiatra. O resultado foi um quebra-pau que acabou com as minhas sessões.

Enquanto pegava mais cervejas para nós, continuei falando.

— Escuta o que eu tô falando. Os olhos da San, na noite em que ela dormiu aqui, estavam assim. Os de uma garota que encontrei no consultório da doutora Norma também. E os olhos da dona Reiko, quando cruzei com ela no hospital. E sabe o que mais?

Comecei a tremer. Além do álcool, meu corpo conduzia uma eletricidade furiosa, o amálgama entre todas as angústias e as tristezas dos últimos tempos. E não pretendia represá-la para poupar ninguém.

— No dia em que você e eu vimos a San na UTI pela primeira vez, voltei lá depois, para olhá-la sozinho. E aí eu vi! *Eu vi*, cacete!

Era como se eu precisasse prová-lo a mim mesmo. Como se, expressando em voz alta o que havia testemunhado, a coisa ficasse ainda mais absurda, de modo a precisar dizê-lo com força excessiva para que eu mesmo acreditasse. Sentia o sangue ferver:

— Agora você quer saber, né? Então vai saber! Eu te falei naquela tarde que os olhos da San estavam meio abertos, não falei? E quando voltei lá, sabe o que vi sair deles? Hein? Fala, porra! — Desferi um murro na mesa. Ele piscou levemente, mas seguiu me fitando em silêncio.

— Desculpa, cara, é a sobrecarga desses últimos dias — respirei longamente e dei outro trago. Revolvi-me no pufe em que estava sentado e olhei para ele.

— Duas enormes sanguessugas.

— Hein?

Foi tudo o que respondeu. Mas notei a incredulidade no olhar dele, muito além das palavras. Imaginei a careta complacente de alguém que busca não discordar de um louco. Continuei olhando-o em silêncio, expressando o máximo de seriedade que minha leve embriaguez permitia.

No fundo, acredito que já começava a estranhar o silêncio de Téo. Aquilo não era normal. Prossegui mesmo assim:

— Sanguessugas que saíam dos olhos dela. Mas, quando chegaram uns enfermeiros, as coisas voltaram para dentro das órbitas da San.

Ele pareceu me levar um pouco mais a sério.

— Pareciam sanguessugas enormes... enguias. Eram mais escuras que qualquer tom de negro que eu já tivesse visto — sentia-me menos nervoso, os termos surgiam com mais facilidade. — Um nada espesso e negro, negro, negro.

Parei para outro gole na cerveja.

— Só acho que, de uma forma ou de outra, tá tudo bem fodido. E tem outra coisa, talvez pior.

Os olhos dele se dilataram.

— Você não tem ideia do efeito que essas... visões causam na gente. Ou pelo menos em mim. Lembra que contei sobre perder as rédeas da mente? Sobre pensamentos medonhos e tal?

Voltei a olhar para ele: continuava na mesma posição, prostrado. O cara estava de fato péssimo, e, por mais que precisasse aliviar a carga, resolvi desistir daquele assunto mórbido. Foi então que tive uma ideia - oportuna para aquele momento, catastrófica para todos os outros. Contudo, eu sabia muito bem o que seria capaz de animá-lo. E, quem sabe, a mim também.

12

Só depois de descermos cambaleando do táxi, saltarmos um morador de rua e entrarmos; só depois que o acompanhei em um *shot* de sua bebida preferida, o *bitter* de ervas de origem eslava; só depois de nos certificarmos de que tudo continuava igual, no mesmo lugar; só depois de cruzarmos a porta ogival rumo à pista e de nos banharmos nos *flashes* do estroboscópio; só depois de inspirarmos aquela atmosfera viciada, ao som familiar de músicas cujas letras, quando havia, conhecíamos de cor; só então notei, fracionados pelos tiros da luz, os músculos do rosto de Téo se descontraindo. Notei que ele assumiu, pela primeira vez na noite, uma expressão relaxada.

Eu tinha certeza de que o Oratório seria uma boa ideia. Ele se soltava e dançava, parecendo mais leve. Era como se aquele lugar fosse à prova dos últimos acontecimentos, como se ali nos encontrássemos não apenas com velhas amigas na forma de canções, mas com aqueles que nós fomos ao longo dos anos em que lá aparecemos. Tudo, menos aqueles que éramos agora. Foi com esse propósito escapista que propus a noitada.

Como previsto, a pista e o próprio Oratório estavam vazios. Além de nós, apenas um casal dançava ao fundo, suas silhuetas retidas contra a parede cinza. Ao final de uma música do Cocteau Twins, no entanto, os *flashes* me mostraram Téo se esvaziando novamente, seus olhos baixando e sua boca encurvando. O som estava alto e tive de gritar para sugerir que buscássemos outras bebidas.

Viramos mais dois copinhos do licor, fortíssimo. Téo fez uma careta e eu me apoiei no balcão, temendo perder o equilíbrio. Quando olhei para o lado, vi duas garotas rindo de nós. Duas típicas frequentadoras do Oratório: maquiadas, cabelos pintados – uma de vermelho, outra de um branco quase luminoso –, vestidas de couro e látex, tatuagens. Achei que o contato com desconhecidas poderia servir bem à ideia de fuga daquela noite.

— Não é gentil rir de dois rapazes bêbados. Principalmente quando a culpa não é deles — nunca fui muito bom nisso de iniciar conversas.

— E quem disse que somos gentis? — a garota de cabelos vermelhos falou, séria. A careta de Téo havia se desfeito, e ele olhava curioso para as duas.

— Que bom — falei, depois de alguns segundos tentando organizar o pensamento. — Aqui não é lugar pra quem é gentil. Ou inofensivo.

A vermelha sorriu, acompanhada pela branca luminosa. As duas se voltaram para Téo, cujo olhar se perdia em algum lugar do chão. Depois de sugar pelo canudo o drinque azul que compartilhava com a companheira, a vermelha zombou, apontando meu amigo com a cabeça:

— E ele? Parece bem inofensivo.

— É que ele precisa de mais uma... Ou melhor, todos nós precisamos — O impulso tornou-se incontrolável. — Vodka? — Após hesitar por segundos, elas concordaram. Pedi quatro doses ao barman. Téo, balançando a cabeça com os olhos agora no teto, sequer pareceu ouvir o que falei.

Ao receber o copinho, a branca luminosa me olhou com certa malícia. Acompanhada pela vermelha, esvaziou o conteúdo.

— Téo, ânimo, poxa! Vamos diluir essa merda toda na poção mágica aqui — Envolvi seu ombro enquanto esvaziava o meu copo. Com um gesto vago, ele fez o mesmo.

Daí em diante, minha mente se transformou na pista de dança do Oratório. A memória está registrada em *flashes* - que aos poucos foram ficando assustadores. Todos esses registros se transformaram, como percebi depois, em novas e macabras imagens a me atormentar, a me esfacelar a tranquilidade.

O que sei é que, pouco depois, fomos os quatro para a pista. Tive que praticamente carregar o Téo, cujo corpo mole indicava o desmaio iminente. Mas eu não permitiria: o impulso de levar aquilo até o final, fosse qual fosse esse final, era irrefreável. Queria sublimar o peso das tragédias, descarregar as angústias.

Por isso, lembro-me bem, sentei-o quase desacordado na banqueta próxima à cabine do DJ e me juntei às duas garotas, sempre o mantendo em vista. Mas eu estava absorto e feliz. Fechei os olhos e dancei por um tempo que não conseguiria medir. De quando em quando, avaliava meu amigo, que os *flashes* estroboscópicos da pista revelavam continuar inerte – de olhos abertos, no entanto.

Até que um grito se sobrepôs à música. Demorei um pouco para entender que não fazia parte dela e que viera de algum lugar ao meu lado. Abri os olhos: um *flash* e a vermelha, boca escancarada e olhos alucinados. Segui então seu olhar e vi, paralisadas, a cabeça de Téo inclinada para trás e duas serpentes saindo de seus olhos. Vi a dança macabra daquelas coisas negras rumo ao teto, às quais se juntou outra, maior e mais espessa, regurgitada pela boca.

Antes que a amiga pudesse olhar melhor, a vermelha a pegou pelo braço e ambas se afastaram correndo. De sua cabine, o DJ não conseguia ver o Téo, e, como devia estar acostumado à empolgação dos frequentadores, não interrompeu a música. Mas o berro havia chamado a atenção das outras quatro pessoas na pista. E quando elas se aproximaram do canto em que aquele espetáculo grotesco acontecia, a luz foi acesa.

Ali, na banqueta – e disto me lembro bem –, os globos oculares de Téo vomitavam dois braços esqueléticos de sombra, terminados em cotos. Buscavam não sei qual substância vital. E aquele som... Sob os gritos das testemunhas, uivos, uivos soavam com fúria, como se o vento soprasse em todas as direções, por centenas de frestas.

Foi o vento, ou o ruído, que me tirou do torpor. Pela pista esvaziada, corri até meu amigo no momento em que os tentáculos negros passaram a se unir em suas extremidades. Espraiavam-se pelo teto em uma poça que se alargava mais e mais. E eu, enquanto olhava para aquilo, ainda que entorpecido pelo álcool, sentia o tumulto interior ganhar força. Sabia que quanto mais olhasse, pior seria. Talvez até fosse tarde demais. Mas eu não era capaz de tirar os olhos daquilo no teto.

Agarrei Téo, tentando acordá-lo. Como o corpo de San naquela noite, o dele era um saco flácido de vísceras e ossos; nenhuma rigidez, nenhuma tensão. Desesperado, estapeando-o e o chacoalhando, vi como ele passou a ser *erguido* por aquilo que saía de seu rosto. Aquelas enguias o içavam com ganchos enterrados na carne de seu rosto, enfiados nos olhos e na boca. A força era enorme. Enquanto eu lutava para mantê-lo no chão, temia desmembrá-lo. Soltei-o, gritando para que acordasse. Com efeito, ao tocar a poça no teto, Téo pareceu despertar.

Começou a convulsionar, debatendo-se e gemendo, mas em vão. A poça no teto o cobriu. Uma fração de segundo, apenas, e ele era todo escuridão. Um negror profundo que eu não conseguia apreender com as mãos. Fiquei ali, de pé na banqueta da pista vazia, gesticulando como se tentasse agarrar a sombra de um sonho, enquanto aquela projeção negra movia-se acima da minha cabeça, bem lenta, emitindo um som estridente e agudo.

Téo não estava mais ali. Desaparecera sem deixar vestígio, e logo depois percebi o quão catastrófico havia sido testemunhá-lo. Minha cabeça também zunia, as entranhas se contorciam, o sangue se adensava nas artérias, e os pensamentos... Não consigo descrever por onde foram, a quais abomináveis recantos aquilo tudo os levou.

Foi graças a não sei qual impulso vital que segui em frente. Algo que, à revelia de toda aquela condição, manifestou-se para me preservar, desviando meu olhar no último instante. Agora sei que, se olhasse por mais alguns segundos, estaria perdido, perdido para sempre. O magnetismo daquilo que se avolumava acima de mim era poderoso. E recrutava o que havia de mais assustador em minhas profundezas.

13

Sou levado por este túnel. É um túnel, sim, um túnel estreito, escuro e apertado. Não consigo me erguer. Tenho que ficar deitado ou agachado, de quatro. Prefiro assim pois posso olhar melhor adiante - pouco adiante, já que minha visão alcança no máximo um metro, um metro e meio. Sou levado, não preciso me mexer. O chão abaixo de mim, uma esteira de ferro oxidado, move-se devagar aos rangidos, como se o metal das engrenagens fosse mastigado. Está escuro, mas uma luminosidade vinda não sei de onde revela que o túnel tem a forma de um arco, cujas paredes são irregulares e avermelhadas. De súbito sinto o ar se deslocar, empurrando fedor para dentro das minhas narinas. Ouço um resfolegar e sei que não é humano. Algo se move à minha frente. Como se atendesse ao meu anseio, a luminosidade se intensifica. Vejo, pouco adiante, a cabeça enorme do que parece ser um porco escuro, talvez um javali. O bicho está vivo e mal se move, os olhos como duas pérolas de medo. Está exausto - a saliva escorre boca afora pela língua, que por sua vez está pendurada, como se o tivessem esganado. Parece não me discernir, os olhos cegos pelo pavor. Sob a penumbra do túnel interminável, vejo uma grande lâmina surgindo de uma fenda na esteira, logo abaixo do animal. Vai se erguendo e aos poucos retalha o pescoço. Lenta, muito lenta. O porco guincha, a língua toca a esteira, os olhos saltam das órbitas. Guincha até que a lâmina seccione suas cordas vocais. Resta apenas o som oco daquelas presas que se abrem e fecham em desespero e espasmos finais. Quando enfim o porco despenca sobre as patas, a lâmina termina o trabalho, separando do corpo a cabeça, que rola na minha direção. Desvio o rosto, virando-me para baixo e tentando me proteger. Ao olhar para a frente, vejo de novo o animal enorme se agitando, babando, os olhos como poças de pânico na escuridão – e a lâmina surgindo com frio vagar.

14

Entre um devaneio e outro, o único pensamento lúcido que me ocorreu foi procurar Vera. Conhecia sua insônia crônica e apostava que ainda devia estar acordada quando saí correndo de um Oratório em polvorosa, a sei lá quais horas da madrugada.

Tentei quatro ou cinco vezes o celular, mas ela não atendeu. Eu precisava conversar com alguém, aquela energia vital se transformara em angústia, então entrei no primeiro táxi que encontrei e pedi que fosse para a rua dela, não muito longe da Mooca. Do número, não me lembrava.

Ficava para os lados do Ipiranga. Sabia que era uma casinha geminada, em uma rua em que todas as casinhas eram geminadas e tinham o mesmo desenho. Quando desembarquei do táxi, meio trôpego e depois assustado pelo ronco do carro que saiu disparado, olhei atônito para as construções idênticas. Então, ouvi sons agudos. Gemidos, talvez. Logo reconheci o timbre de Vera e, imaginando-a acompanhada por alguém, pensei em me afastar. Mas uma segunda audição, mais atenta, mudou minha ideia; ela estava chorando.

Segui o trajeto do som pela rua escura e parei em frente ao sobrado. O rosto dela estava encostado na janela entreaberta do primeiro andar. A cabeça mirava o topo do céu nublado, e eu via apenas o queixo, que tremia. O som dos lamentos escapava pela fresta. Chamei-a repetidas vezes, primeiro em voz baixa, depois com mais força: sem resposta. Pensei em jogar uma pedrinha ou algo do tipo, mas achei melhor tocar a campainha.

Sabia que os pais viviam no interior e que ela morava com uma tia idosa. Lamentei por ter de acordar a senhora, mas não vi outra alternativa. Para a minha casa eu não voltaria.

Toquei, toquei e toquei. Vera continuava apoiada na janela aberta, lamuriando com mais intensidade. Tentei a porta: estava trancada, mas a janela do térreo, ao lado, não. Abri-a com certa dificuldade e me alcei por um pequeno desnível na parede da fachada. Não foi fácil me manter ali, pois ainda estava tonto e o declive era muito estreito; mas consegui afastar uma das folhas de vidro o suficiente para entrar.

Na penumbra, distingui a desordem da sala. Tudo revirado e jogado, como se vinte pessoas tivessem lutado até a exaustão. Pulei com dificuldade os bibelôs quebrados, as cadeiras reviradas, a televisão tombada, perguntando-me se aquele tipo de situação era normal entre Vera e a tia. Da escada, percebi a luz acesa de um dos quartos acima. O choro agora soava mais alto, vindo dali. Saltei os degraus de dois em dois e, quando cheguei ao cômodo iluminado, recuei.

A tia de Vera estava sentada no chão, entre a cama de casal e a parede. Ela se ocupava com algo que estava entre suas pernas abertas e que não pude distinguir. Seus braços se moviam freneticamente. Sua cabeça estava abaixada e o rosto, escondido. A camisola retalhada expunha partes de seu corpo e entrevi um seio tocando o baixo ventre, balançando conforme ela se movia naquela atividade febril. De sua boca vinha um sibilo, um cântico. Soava como uma menininha.

Aproximei-me com cautela, tentando me lembrar do seu nome. Após dois passos, voltei a recuar, desta vez enojado. Entre os dedos ensanguentados, ela manuseava uma pequenina porção de carne escarlate. Olhei melhor: um corpúsculo. Um feto.

Ouvi o baque da minha canela contra a cabeça da mulher. Não premeditei o movimento. Foi como um espasmo, do qual só me dei conta quando minha perna pressionou seu crânio contra a parede, arrancando da boca um gemido áspero. Dei outros dois chutes com toda a força de que era capaz, até que a criatura parou de se mexer e tombou na minha direção. Não ousei erguer seu rosto.

O barulho pareceu ter despertado Vera, que, no outro cômodo, parou de chorar. Ela estava de costas, na janela do quarto escuro à frente. Só quando me virei e comecei a caminhar em sua direção vi o filete rubro no piso claro de porcelanato, uma filigrana sangrenta que ligava a velha à sobrinha. E a segui sem suspeitar, naquele momento, do que havia ocorrido antes da minha chegada.

Mas não importaria se suspeitasse. Não mudaria nada juntar os fatos e atribuir a frieza de Vera em relação a Téo à confusão criada pela descoberta de uma gravidez inesperada. Não faria diferença saber que a tia, durante um ataque inexplicável, aproximara-se da cama da sobrinha, que dormia um de seus raros sonos tranquilos, e enfiara a mão no seu útero, arrancando de lá um feto recém-formado. Não mudaria porque, conforme me aproximei da figura silenciosa de Vera recortada contra o brilho amarelado na janela, vi serpentes surgirem do topo de seu rosto oculto. Uma medusa nascente. E escutei os uivos. Não mudaria nada porque era tarde demais.

Mesmo assim, me aproximei até ela se virar. Sob a luz branca do quarto que deixei para trás, recuei mais uma vez naquela noite, diante do contraste entre o rosto pálido e as cobras negras que saíam de seus olhos. A boca se abria para liberar outra serpente, maior, quando um estrondo soou atrás de mim. Virei-me e vi a velha no chão, bem perto, caída de bruços. Ela se arrastava lentamente, ou era arrastada: algo parecia puxá-la. Conforme a cabeça se projetava na direção dos meus pés, ouvi um espocar, talvez do crânio macerado pelos meus chutes, cuja pele aderia ao piso. Nos olhos e na boca aberta demais pelo maxilar quebrado, a pasta preta.

Afastei-me correndo daquela abominação. Do topo da escada, lancei um olhar para trás e uma viscosidade congelou minha espinha. Os miasmas expelidos pelos dois corpos se uniam em uma massa maior no teto, como uma enorme mancha de umidade devorando a superfície branca, lenta e perene. Lembro-me do som, acima de tudo: um rugido grave, crescente, sobrepondo-se aos estrídulos que ouvira antes. Um rumor subterrâneo e - não pude negá-lo - catastrófico. Não suportei testemunhar aquilo por mais do que alguns segundos.

15

Eu iria. Ainda não sabia bem para onde, mas iria. Não dava mais para ficar. As coisas estavam fodidas além da conta. Uma sucessão de absurdos e catástrofes que, na minha ignorância de então, eu não conseguia atribuir a outra causa que não o espaço, a cidade, a atmosfera. Tinha de sair dali para ao menos processar tudo o que acontecera e estava acontecendo. E para apaziguar os movimentos já insuportáveis da minha mente. Precisava de repouso, de alguns dias para colocar os pensamentos no lugar e entender toda a situação.

Pois era claro que não compreendia. Como poderia? Qual seria a explicação para tudo aquilo que havia presenciado em uma só noite? Aqueles vômitos uivantes que consumiram três pessoas conhecidas, duas delas grandes amigos? Cogitei ligar para a polícia, mas não fazia ideia de como explicar o que tinha acontecido. Não fazia ideia do tipo de mecanismo racional que seria necessário para aproximar fatos aparentemente distintos. O meu? Não, é evidente. Eu não seria capaz de perceber o fio macabro a unir tais fatos. E continuaria na ignorância caso não tivesse me lembrado, ainda naquela madrugada, enquanto lançava roupas e provisões em uma mochila, de colocar ali também o calhamaço original que Môa me entregara.

Não sei bem porque o fiz, já que meus pensamentos andavam muito afastados do trabalho. Talvez o interesse despertado pela primeira leitura tivesse permanecido. O fato é que, ao fim daquela noite pavorosa, depois de poucas horas de sono, empurrei o livro como pude dentro da mala desarrumada, na qual me sentei para fechar. Então, peguei as chaves do carro que Téo havia deixado na minha casa e parti, ainda sem direção exata.

O primeiro lugar em que pensei foi o hospital. Precisava ver como a San estava. Esperava que, mesmo naquele estado vegetativo, ela não tivesse sucumbido. Era muito cedo e eu teria de esperar para visitá-la. Mas só estar em trânsito já me trazia alívio, ainda que ínfimo.

Quando cheguei, fui informado de que as visitas só seriam permitidas dali a uma hora. Com a mente confusa e a cabeça latejando, ocorreu-me - não sem espanto por não ter pensado nisso antes - ligar para o Môa. Após muitos toques, estava quase desistindo quando ouvi uma voz mais grave do que de costume. Na verdade, um gemido.

— Môa? Desculpa, te acordei?

Outro grunhido.

— Cara, tá tudo fodido, tudo fodido. Não sei se você já soube do que aconteceu essa noite, com o Téo e a Vera.

O ranger vocal foi encoberto pelo som nítido de uivos. Muitos deles. Desliguei no mesmo instante, sem ar.

Fui até a janela da sala em que aguardava e tentei abri-la, mas estava emperrada. Olhei adiante. O andar da UTI era elevado, décimo-quarto, e dali eu via a luz da manhã avançando pela cidade sem esbarrar em quase nenhuma nuvem. O oceano de concreto absorvia a aurora com estranho lirismo, tão estranho quanto aquele amanhecer. Mais ao longe, ainda indiscernível aos olhos que se projetavam pela cidade inteira e além, de novo percebi - ou *pressenti* - que algo de proporções inconcebíveis operava em silêncio. Maquinava insensível a qualquer revolta de minhas ou nossas entranhas diante do momento derradeiro, surdo a qualquer súplica que emergisse de nossas gargantas.

Enquanto percorria aquelas distâncias com o olhar, procurei refletir sobre o absurdo da situação. Téo, Vera, aparentemente San e, pelo que pude intuir, Môa: até então, todos foram ocupados por aquilo. Deviam ter passado pelo mesmo processo, em algum momento vomitando pela boca e pelos olhos os uivos negros e, pouco depois, sendo... sugados por eles, indo sabe-se lá para onde.

Estremeci, embora nenhuma corrente de ar passasse por ali, e pensei no CG. Já estava com o celular na mão quando a voz impessoal da enfermeira soou atrás de mim: já poderia visitá-la.

Só percebi o quão nervoso estava quando entrei na antessala da Unidade. Não havia me preparado para a possibilidade de testemunhar outra abominação daquelas. No fundo, não acreditava que isso aconteceria. Pensava que, de alguma forma, San resistiria, estivesse onde estivesse. Afinal, era uma mulher valente e segura de si, senhora de seus desejos – e, até onde me contara, de seus medos.

Era provável que naquele exato momento estivesse lutando contra monstruosidades inimagináveis, que estivesse percorrendo sem controle os desvãos mais assustadores da própria mente. Mas algo me levava a crer que ela não cederia, que resistiria, não sei bem como, até o momento de voltarmos ao nosso plano de nos ajudarmos, de impormos limites às dores um do outro. Eu não estava pronto para o contrário.

Meu coração disparou ao vê-la. Haviam retirado as bandagens do rosto; ainda estava ausente dali, mas a aparência se deteriorara. O rubor sumira e o rosto fora tomado por um amarelo acinzentado, como se uma fina camada de iodo tivesse sido aplicada nele. As bochechas e as têmporas pareciam erodidas, com sulcos cujas sombras corrompiam feições antes luminosas. Irreconhecíveis eram também os olhos, fechados no fundo de duas covas. Mas não consegui distinguir qualquer manifestação estranha. Ainda que me sentisse apreensivo pelo estado geral de San, essa constatação me deu algum alívio. De certa forma, confirmava minha confiança em sua força.

A enfermeira de voz impessoal me informou que nada tinha mudado. O enfraquecimento era um processo natural, uma vez que a nutrição da paciente ocorria apenas por soro.

— Você não percebeu nada de diferente? — minha pergunta saiu afoita.

— Diferente como?

— Algo nos olhos dela.

— É raro que pacientes em coma abram os olhos, senhor — soou impaciente. Desisti de continuar a conversa.

O importante era que, apesar de tudo, San persistia. A constatação me animou. E fiquei mais esperançoso quando ouvi a voz de Caio Graco no outro lado da linha, escandalosa:

— Vex, cacete, até que enfim alguém dá notícia!

— Oi, CG... Você tá sabendo?

— Do quê? Tô tentando falar com o Téo faz tempo, e o Môa tava muito estranho quando atendeu.

— Você tá em casa?

— Tô sim, parece que não é uma boa sair por aí.

Enquanto eu o ouvia, uma ideia me ocorreu.

— Não é mesmo. Junta suas coisas numa mala que vou passar aí pra te pegar.

— Hein? Pra onde? Fazer o quê?

— Explico no caminho. Faz o que pedi. A coisa é grave, vai por mim.

— Eu não posso viajar assim, sem mais, nem menos. Tenho um monte de coisa pra —

— Você não tem opção, CG. Pode acreditar, eu também não sei direito o que tá acontecendo, mas já vi acontecer. Vai por mim.

Silêncio.

— Chego em vinte minutos.

Enquanto dirigia até lá, percebi como meus pensamentos se desanuviaram, pela primeira vez em algum tempo. Ver a San ajudou nesse sentido. Saber que de alguma forma ela resistia abriu um clarão na obscuridade dos últimos dias, diante do qual eu conseguia organizar o raciocínio, ponderar o que fazer a partir dali.

Tinha de sair de São Paulo, estava claro. E tinha de ir para longe, afastar-me daquela situação toda. Quando enfim decidi por um destino, perguntei-me como é que não tinha pensado na possibilidade antes.

16

— Pra onde? — CG se agitou no banco do passageiro enquanto eu acelerava pela rua em que ele morava, na Bela Vista.

— Não-Me-Toque. Já te falei de lá, é a cidade do meu avô.

— Mas isso fica longe pra caralho!

Respirei fundo, como que para sensibilizá-lo à gravidade do que eu diria a seguir. Na verdade, nem sabia por onde começar. Já precisava desabafar fazia tempo, mas não tinha ideia de como. Lembrei-me então das catástrofes da noite anterior, de como tentei articular os absurdos que havia presenciado, de como Téo já se ausentava, apático, e de como mal percebi. Minha voz saiu embargada:

— Não sei onde o Téo está... Não sei nem se ele *está*.

— Como assim?

— CG, você sempre foi o mais avoado de todos nós, o mais sonhador. Mas imagino que tenha reparado nas pessoas ao redor.

Senti o peso do olhar interrogativo dele.

— É sério. Você não tem notado algo estranho nas pessoas? Nos olhares, particularmente?

Ele continuou em silêncio, revolvendo a memória.

— Presta atenção, por favor. Você não tem ideia do que eu vi na última noite. Eu vi o Téo e a Vera *desaparecerem* de um jeito... medonho.

— Como assim desaparecerem?

Contei o que havia testemunhado. Não o poupei de um detalhe sequer, nem de meu nervosismo. Era a primeira pessoa com quem pude conversar abertamente e cuja atenção eu percebia ser total. Então, lancei sobre meu amigo toda a carga do que havia ocorrido até ali.

CG olhou para a frente, abismado. Avançávamos pela Raposo Tavares, já distantes de São Paulo. As nuvens se avolumavam, altas; não choveria. As janelas estavam abertas, mas nem o ar fresco e úmido que se desprendia da mata ao redor atenuou a atrocidade do meu relato.

Estávamos a caminho de Não-Me-Toque, no noroeste do Rio Grande do Sul. A cidade em que meu avô, argentino de origem italiana, se estabeleceu. Havia uma casa lá, uma grande casa que estava fechada há anos por conta de disputas judiciais entre familiares, mas eu sabia que uma chave estava escondida em algum lugar.

A ideia era manter contato com a família da San para me informar a respeito dela. Assim que acordasse, iria buscá-la. Era um plano confuso, mas um plano, afinal. A viagem seria longa, um dia e parte de uma noite para percorrer os quase novecentos quilômetros de distância. Por outro lado, seriam novecentos quilômetros entre nós e o que quer que estivesse acontecendo em São Paulo.

Prossegui:

— Sei que você vai me achar um doido, mas é isso. E tem mais, tem coisas acontecendo já faz um tempo.

— Cacete, Vex, você sabe o que eu penso desse tipo de assunto. Sabe que tenho a mente aberta para questões sobrenaturais, mas isso é —

— CG, não estou pedindo pra você acreditar. É só uma constatação. Eu *vi* tudo isso, como também vi acontecer algo parecido com a San, num dia em que fui visitá-la. Da mesma forma que testemunhei outras coisas tão absurdas quanto.

Falei sobre os olhos manchados e as teorias de *ocupação*. Tinha consciência de que despejava informações absurdas nos ouvidos de meu amigo, que agora parecia apreensivo. Por isso não interrompi seu silêncio, que se manteve por um longo tempo.

Já descíamos a Serra do Cafezal. O tráfego por ali, geralmente carregado, estava livre. Liguei o rádio e algo pesadíssimo começou a tocar, gritaria e instrumental alucinantes. Era algum dos discos de Téo, que sempre fora louco pelas vertentes mais extremas do metal, e me peguei comovido. CG percebeu e tentou continuar a conversa, creio que para desviar minha atenção daquilo.

— Me diz, como é que você consegue retomar o controle?

Transferi o som do CD para o rádio e demorei um pouco até sintonizar algo decente. Quase nenhuma estação era acessível naquela parte da estrada.

— Ainda não pensei nisso. Mas agora que você perguntou, imagino que... que tenha a ver com o tratamento que fiz com a doutora, e tal. O lance era aprender a domar a mente.

— *Hum*, mas como você consegue afastar esses pensamentos? Tem algum método?

CG estava fazendo perguntas sensatas. De fato, como eu conseguia? Ou será que conseguia?

— Acho que não tem método nenhum. Só tento tomar consciência de que é tudo alucinação, que tá tudo aqui — cutuquei a têmpora.

— Mas isso não é pouco, Vex. Eu tenho a impressão de que a gente não faz ideia do que o cérebro é capaz.

— Não faz mesmo. Mas o meu cérebro, depois desses meses de intenso, *hã*, acompanhamento, acho que entendi mais ou menos como funciona. Pelo menos a pequena parte que uso dele — refleti um pouco mais sobre o assunto. — Pra falar a verdade, acho que tem um método sim. Sempre que sinto que estou perdendo o controle, procuro me lembrar da voz grave da minha médica. Às vezes demora, mas no final acaba funcionando. Eu me lembro das broncas e os pensamentos meio que... somem, digamos assim.

Ele interrompeu:

— Vamos comer alguma coisa? Não aguento mais de fome.

17

A Régis Bittencourt nunca foi conhecida pela qualidade dos postos de gasolina em suas margens. Ao contrário, eram poucos, arruinados e distantes um do outro. Do momento em que decidimos parar até de fato acharmos algum local, passou-se quase uma hora, durante a qual nos mantivemos em um silêncio aflito. Só relaxamos quando enfim passamos pela placa enferrujada indicando o "Rei Da Régis - Churrascaria/Lanches/Combustível - 5 km".

O posto não era grande coisa. Das bombas de gasolina aos batentes das janelas, tudo estava oxidado, coberto por uma camada espessa de tempo e poeira. Cogitamos estar abandonado, mas alguns caminhões estacionavam ali, e um rapaz mal-encarado veio mancando em nossa direção quando encostamos ao lado de uma das bombas.

Quando abri a janela para pedir que ele enchesse o tanque, a resposta veio com um sopro de hálito nauseabundo. O rapaz deu volta no carro para abastecê-lo e olhei para CG. Aquilo tudo me deu uma impressão agourenta.

— O jeito é comprar uns salgadinhos e sair daqui o quanto antes — sentia-me inquieto.

— Eu vou lá. O que você quer? — CG sustentava o timbre grave.

— Traz o mesmo que comprar pra você, e uma água com gás.

Ele saiu em direção a um galpão sombrio, que era ao mesmo tempo restaurante e loja de conveniência.

A bomba injetava gasolina no carro aos gorgolejos, demorando muito mais do que o normal. Minha tensão foi aumentando. Estava aprendendo a confiar em meus instintos, e eles indicavam que aquele não era um lugar legal de se estar.

O ruído escandaloso da máquina continuava a rasgar o silêncio da tarde. Não era possível, o tanque já devia estar cheio. Olhei para trás em busca do frentista e não o encontrei; vi apenas a pistola da bomba enfiada no compartimento.

Virei-me para o lado esquerdo e ali ele estava, imóvel diante da minha janela, encarando-me. Quando resvalei meu olhar no dele, arrependi-me na hora.

Seus olhos não estavam um pouco escurecidos, como os outros, mas totalmente preenchidos. E eram olhos ferozes, maldosos. Sabia que não poderia encará-los por mais um segundo sequer. Liguei o carro e acelerei até o galpão, a bomba desconectada espalhando combustível pela poeira do chão.

Saltei do carro chamando CG. Queria disparar dali o quanto antes. Reparei, alarmado, que o frentista vinha coxeando em minha direção. Cruzei uma porta com vidraças quebradas e farejei o forte odor de fritura e urina do local, que era mesmo deplorável: gôndolas vazias, espalhadas sem critério, piso de linóleo grudento, manchas escuras de infiltração e rachaduras por todos os lados da parede e do teto. Ao fundo, um balcão infecto de madeira escura. Apoiado nele, um cotovelo flácido; e nesse cotovelo, a cabeça de uma senhora gorda, que dormia entre moscas.

Olhei para os lados: nem sinal de CG. Só havia a mulher por ali. Saí do galpão, quase esbarrando no frentista que me fitava parado na entrada, e contornei em direção aos sanitários, que estavam em situação ainda mais calamitosa do que o resto das instalações. Gritei por CG, mas ouvi apenas o grunhido de um sujeito dentro de uma cabine. Abaixei-me para olhar os pés; não era.

Cruzei a porta do lavatório feminino sem hesitar, mas ele também não estava ali. Saí para o espaço de terra batida que circundava o posto e comecei a berrar com mais e mais força. À exceção do rapaz, que eu percebia continuar me olhando a distância, não via mais ninguém, apesar dos quatro caminhões estacionados do outro lado do terreno.

O céu se firmara em um azul acintoso. O calor da tarde era provocador, e a imobilidade do ar, irritante. Não havia vento. Nem o mais sutil deslocamento de matéria a perturbar aquele cenário.

Minha atenção foi atraída por uma construção à esquerda. Uma oficina, certamente abandonada. Caminhei apressado para lá, sempre gritando por meu amigo, e sempre recebendo, como resposta, o assustado canto dos pássaros.

Ao chegar em frente à grande porta, tive que forçar a vista. O contraste com o sol vespertino acentuava a escuridão do interior, e foi com cuidado que entrei, prestando atenção à infinidade de objetos e ferramentas que se espalhavam por ali.

Ouvi, antes mesmo de chamar pela primeira vez, o que me pareceram sussurros e encontrões, além de pancadas abafadas. Mudei a entonação e o chamei com uma contrariedade aliviada:

— Caio Graco, porra, cadê você?

O que ouvi depois dissipou qualquer vestígio de alívio. Um lamento, um lamento agudo: a voz de CG, em meio a baques surdos. Vinha de uma pequena sala nos fundos da oficina. Corri até ali, onde um filete de luz branca se estendia pelo batente da porta entreaberta, e a empurrei.

Ainda hoje, ao evocar aquele momento, acho espantosa a capacidade de nosso cérebro reter tantas informações em tão pouco tempo. Há vezes até em que essa quantidade de dados parece inversamente proporcional ao tempo em que somos a eles expostos. E quanto mais breve for o relance de uma cena de ordem completamente outra - absurda, repulsiva, *deslocada* de nossas expectativas -, mais vívido será o espectro que permanecerá em nossa memória.

Foi o que aconteceu. Ao empurrar aquela porta, virei-me quase que no mesmo instante, repugnado. Ainda assim, vi. Foi a duração de um *flash*. E talvez por isso a coisa tenha ficado tão candente, tão pormenorizada, recompondo-se à minha frente nos momentos em que devaneio com os olhos abertos, e ocupando o verso das pálpebras quando os fecho.

É um sinistro grupo de três homens de pé que ainda vejo. Estão ao redor de outro, no centro: CG. Ele está deitado - ou melhor, desconjuntado - em cima de uma pequena mesa, a roupa aos farrapos e o corpo espasmódico, as pernas abertas, em cuja intersecção um desses homens insere e retira, com fúria e velocidade, um toco já sangrento, apertando o próprio pênis com a mão livre. CG geme à beira da inconsciência, com o rosto desfigurado; e não pode fazer nada além de gemer porque a boca está ocupada pelo pau de outro, enquanto o terceiro o esmurra para que ele não interrompa a masturbação à qual o obriga.

E ainda que não me tenham escapado esses detalhes, foi o teto que atraiu minha atenção. Ali se juntavam, em uma poça negra, em uma comunhão grotesca ao som agudo e já familiar, os fios de piche que vazavam dos olhos e das bocas dos três homens. Seus corpos se mantinham naquele movimento mecânico de destruição e perfuração, enquanto suas cabeças se erguiam, já ausentes.

A distração deles me permitiu pegar a primeira ferramenta pesada que encontrei - uma chave inglesa. Com movimentos aos quais imprimi toda a fúria represada diante dos últimos acontecimentos, arrebentei aqueles crânios, um por um. Embora estivessem ali, parados, não foi tarefa fácil acertar suas cabeças evitando olhar para a substância que corria delas. Afinal consegui, e deixo para alguém mais apto do que eu a tarefa de analisar a natureza do prazer que experimentei ao sentir a vibração, por todo o meu corpo, dos ossos partindo com o choque.

CG tremia e parecia tão alheio quanto seus algozes. Quando o ergui para arrastá-lo dali, ele murmurava, semiconsciente. Atrás de nós, os silvos se tornaram mais fortes, violentos. Fechei a porta sem olhar para o que acontecia e deduzi, pela selvageria sonora a vir de lá de dentro, que havia causado alguma grave fissura no processo.

Já fora da oficina, deitei CG com cuidado na terra batida. Então olhei para seu rosto. Estava crispado, concentrado em uma dor inimaginável, e ainda hesitava entre a consciência e o desmaio. Porém, quando os olhos se entreabriram, o alívio: CG continuava ali.

19

Caminho à beira de um desfiladeiro circular. Daqui consigo ver a outra margem, a meio quilômetro de distância, recortada contra a luminescência hepática do céu, um tom doentio que rumo ao zênite se esfuma. O declive é acentuado. Desço com cuidado, impelido não sei bem pelo que, em direção ao nascedouro do brilho, lá nos fundos deste imenso poço. O caminho estreito me revira as entranhas e não me atrevo a olhar para baixo. Apenas para o lado e para cima, onde o céu já se restringe a um círculo irregular que vai diminuindo. É um céu implausível, percebo atemorizado, um céu nada nosso, sua palidez escurecida emoldurada pelas rochas negras. Passo a ouvir, conforme prossigo me apoiando à parede dessa moldura escura, um rumor de vozes mais abaixo. Um filete de natureza humana, emaranhado de estertores, lamentos e prantos que logo associo a sofrimento. E que aos poucos assoma e se transforma em um regato, depois em um ribeirão de dor. Ainda sou incapaz de baixar os olhos, mas a luz se intensifica e essas vozes, que correm caudalosas e desesperadas, fazem vibrar os meus órgãos. Mesmo assim não consigo retroceder; é como se o terreno que deixo para trás, que sequer posso observar, se extinguisse à medida que avanço, eu próprio correndo o risco de desaparecer se hesitar por um instante sequer. Sigo adiante e agora o curso dos lamentos é tremendo, estremece meu corpo. Enfim arrisco um olhar para baixo: a uns cem metros de onde estou, vejo o turbilhão. Contemplo o que parece um espesso caldo de matiz acobreado a circular lentamente, a girar ao redor de um pivô invisível, imerso em sombras. Pouco depois, já mais abaixo, pressinto que esse caldo tem o aspecto familiar de pele, sangue, vísceras. E passo a distinguir a infinidade de corpos humanos que o compõem, estendidos, grudados, amontoados uns aos outros, movimentando-se nesta corrente interminável. É de lá que se ergue a imensa vaga sonora de infortúnio, todos os timbres de vozes se reunindo em um só, impessoal, espectral. E a luminescência? Não consigo determinar sua origem, mas parece encontrar-se abaixo dos corpos, que de alguma forma a filtram. Sim, o turbilhão de carne está aceso, e a intensidade dessa luz só aumenta conforme me aproximo. Quando chego mais perto daquele sorvedouro, sinto não apenas o meu corpo, mas toda a paisagem tremer. Apoio-me em uma reentrância da parede. Abaixo, do centro do turbilhão que antes estava escurecido, irrompe um poderoso facho daquela luz hepática apontado para o céu já quase indivisível. Os corpos lacerados, mas ainda com vida, pressentem, assim como todo o lugar, que algo de proporções inconcebíveis acontecerá. E de suas pobres gargantas sai um prelúdio tão mortificante quanto ensurdecedor para o que vem a seguir. Agora, tudo treme com violência. Segundos depois estou no ar, como se a parede tivesse me empurrado para o coração daquele horror. Antes de me fundir a ele, vislumbro um gigantesco olho fendido a buscar, a subir, a vir à tona.

20

Aumentei o volume do rádio enquanto acelerava. Sons estridentes se sobrepunham a uma complexa massa sonora, em que não se distinguiam baixo, bateria ou guitarras. Barulho, o costumeiro barulho do qual o Téo nunca se cansou, ouvindo-o desde a adolescência, e que agora estranhamente me fazia bem. Eu precisava de alguma distração, fosse dos pensamentos horríveis que voltaram a me assombrar, fosse de CG, que agonizava no banco de trás. Apesar de conseguir trocar algumas palavras comigo - por meio das quais me tranquilizou, embora não quisesse falar sobre o ocorrido -, ainda beirava a inconsciência, despertando a cada movimento brusco do carro com gemidos dolorosos.

A partir dali o asfalto melhorava e pude pisar fundo sem maiores preocupações. Estávamos a cem quilômetros de Curitiba e, pelo que avaliei, meu companheiro não corria nenhum risco tão sério a ponto de não aguentar chegar a algum hospital de lá.

Mas seu estado geral era catastrófico. Coberto por um casaco que eu trouxera na mala, tinha o rosto arrebentado e inchado, e manchas arroxeadas espalhadas pelo corpo, quase todo exposto devido às roupas em frangalhos.

A noite se instalou pouco antes de cruzarmos o perímetro urbano da capital paranaense. CG dormia e não despertou quando parei no acostamento para pedir informações a uma senhora que vendia doces na rua. Parecia contrariada, provavelmente porque o trânsito fluía rápido e as vendas deviam estar péssimas. Mas foi solícita e me orientou a chegar à Santa Casa de Curitiba, não muito longe dali.

No caminho, o céu - ameaçador desde o meio da tarde - enfim desabou. Uma tempestade maciça que borrou os contornos do horizonte e me obrigou a dirigir bem devagar. Talvez por conta da visão comprometida eu não tenha dado tanta importância a um fato significativo: o de que as ruas estavam mesmo vazias.

Em meio ao aguaceiro, meu instinto recomeçou a se manifestar, aguçando-me os sentidos. O mesmo instinto que, ao cruzarmos os altos portões que levam ao pronto-socorro da Santa Casa, obrigou-me a frear o carro de imediato: a pouco mais de vinte metros, uma multidão se apinhava em frente à porta do setor.

Observei a cena enquanto as hastes do limpador iam e voltavam na velocidade máxima. A Santa Casa de Curitiba ocupava um edifício histórico, provavelmente colonial. Arcos romanos se espalhavam pela fachada amarela. Mas só intuí essa cor graças à luz dos faróis do carro: o prédio estava um tanto escuro, uma silhueta majestosa contra os clarões do céu tempestuoso. A eletricidade devia ter caído e provavelmente só as luzes de emergência funcionavam.

No tumulto, dezenas de pessoas pareciam escalar umas às outras. Era uma briga generalizada, e as vozes exaltadas se impunham até mesmo à tempestade. Por um momento, cogitei me aproximar, intervir, fazer algo, mas mudei de ideia no instante em que vislumbrei, derretida pelas gotas no para-brisa, escorrendo pelo teto da entrada logo acima da massa humana, a pasta negra. Espalhava-se, subindo devagar pelas paredes amareladas do hospital. Àquela distância, ainda vi os filetes que se desprendiam da pasta para puxar para cima, pelos olhos e pelas bocas, algumas daquelas pessoas, como se *piercings* enterrados em seus rostos as erguessem.

Devo ter gritado, porque CG resmungou e se levantou no banco de trás. Ao menos parecia em melhor estado, ainda que reclamasse de dor. Precisava de um analgésico Eu já ia apontar para a confusão à frente quando seu rosto ferido se contorceu diante de algo além de mim, algo que se chocou contra o para-brisa.

Quando me virei, o susto fez minha cabeça rebater no encosto: o rosto de uma garota se grudava ao vidro, a boca e os olhos muito abertos e as duas mãos ali espalmadas.

Abri uma fresta na minha janela. Com uma voz desesperada, ela pedia ajuda para sair dali. Investiguei seus olhos: pareciam claros. Destravei o carro. Ela deu a volta e entrou pelo lado do passageiro. Fechou violentamente a porta e implorou para sairmos o mais rápido possível dali, sem olhar para a frente. Pelo retrovisor, notei CG observando tudo com uma expressão espantada. Só quando nos afastamos da Santa Casa, disparando pelas ruas vazias, é que pude iniciar uma conversa.

— O que aconteceu?

Ela demorou um pouco a responder. Estava arfando, encharcada. Com um relance, percebi a maquiagem borrada, o rímel derretido atravessando o rosto fino em duas fileiras escuras. O jaleco branco estava quase translúcido, revelando os *jeans* e a blusa escura que vestia. Médica ou enfermeira. E quando falou, parecia fazê-lo consigo própria, ensimesmada.

— Acho que é uma epidemia...

— Do que você tá falando?

Encarei-a para me certificar de que aqueles olhos não estavam escurecidos. Claro que eu sabia do que ela estava falando, mas precisava muito de uma conversa. Enquanto isso, CG voltou a se deitar no banco de trás e gemia de vez em quando. Mais fraca, a chuva ainda batucava por todos os lados. Ela percebeu minha preocupação.

— Não esquenta, eu tô bem. Aquilo lá não me pegou.

— Mas o que aconteceu?

— Pelo que vi, aconteceu o que tem acontecido em todo lugar — ela enfim parecia tomar consciência do mundo ao redor. — Desculpa, moço. Vocês me tiraram dali e eu nem falei nada, nem agradeci. Obrigada.

— Você deu é um puta susto na gente, isso sim. Pelo menos em mim. Meu nome é Vex.

— Vex? É apelido?

— Não, é meu nome mesmo.

— Guadalupe, mas todo mundo me chama de Lupe.

— Tá bom, Lupe. Meu amigo aí atrás é o Caio Graco, o CG.

Ele resmungou uma saudação, ainda atordoado demais para participar da conversa. Da moça emanava uma estranha familiaridade - o mero fato de ela não estar "tomada" já contribuía para isso. Havia ainda a minha urgência em desabafar, em compartilhar o aparente fim do mundo com alguém que também o testemunhava. Resolvi que não a pouparia de nada. Contei sobre o que acontecia em São Paulo e sobre o posto de gasolina. Mas Lupe me interrompeu antes de concluir.

— Estavam... cheios daquela coisa preta.

— Exatamente. Tive que arrebentar a cabeça deles. Aí arrastei o CG pro carro e imaginamos que em Curitiba... bom. Você sabe, não sabe?

Ela estremeceu.

— Eu nunca, nunca vou me esquecer do que vi lá dentro.

Mantive silêncio. Lupe respirou fundo. Também queria falar.

— Olha, não sei o que vocês viram em São Paulo ou em outros lugares. Ali na Santa Casa parece que a coisa começou com uma família. Foi tudo rápido demais. Pai e mãe jovens e humildes, um garotinho de uns seis anos. Chegaram à tardinha, o pronto-socorro não tava muito cheio, eu tava na triagem e logo reparei que tinha alguma coisa errada com eles... com *os olhos* deles — arfou, como se dependesse disso para continuar. — E mesmo a forma como caminhavam. Eles vieram na minha direção. Quando perguntei o que queriam, não responderam. Só sei que eu não conseguia olhar para eles, de jeito nenhum. Parece que aqueles olhares atraíam pensamentos horrorosos... — Virei-me para ela e concordei. — Foi então que os outros pacientes começaram a reclamar, estavam indignados com a família que furava fila. E aí tudo aconteceu rápido, foi rápido demais. Acho que foi só trocarem olhares pra que outras pessoas lá... perdessem o controle — ela chacoalhou a cabeça, a voz se tornando chorosa de novo. — Nunca vi coisa parecida. E olha que trabalho em hospital público faz anos.

— Você é...

— Enfermeira. Já vi de tudo o que você pode imaginar, cara, mas essa... bom, não sei nem do que chamar.

— Eu também não, mas já vi acontecer algumas vezes. Só que nunca com tanta gente junta... — Percorri os olhos pelo horizonte, procurando uma farmácia. — Bom saber que você é enfermeira, porque realmente preciso dar um jeito no CG.

— Tem uma farmácia aqui ao lado, fica à direita. Pra onde vocês estão indo?

Contei sobre nosso plano de fuga. Embora começasse a desconfiar de que não houvesse para onde fugir.

21

Nenhuma ocorrência na farmácia. O atendente nos olhou desconfiado e mal respondeu às perguntas que fizemos, mas estava apenas assustado. A coisa havia mesmo se disseminado. Compramos bandagens, desinfetantes, analgésicos, água, e muitas barras de cereal. Estávamos famintos, mas não arriscaríamos parar em qualquer lugar. A noite já avançava e não sabíamos ao certo o que fazer, na verdade. Então, não foi sem surpresa que recebi o convite de Lupe.

— Querem ficar na minha casa essa noite?

Olhei-a desconfiado:

— Moro em um lugar um pouco afastado, talvez esteja mais seguro. Vivo sozinha e o apartamento é pequeno, mas acho que vocês ficarão bem na sala.

— Lupe, tem certeza? Você mal nos conhece —

— Não, mas pode crer que conheço as pessoas, ainda mais quando estão em risco. E vocês são gente boa. Acho que vou me sentir mais protegida. Também posso cuidar do seu amigo.

Concordei. Parecia mesmo o certo a se fazer. Estava exausto, e dirigir a noite inteira poderia ser desastroso.

CG ingeriu alguns comprimidos com água, comeu duas barrinhas e parecia mais calmo, embora ainda não quisesse conversar. O apartamento de Lupe era longe dali, perto do parque Barreirinha.

As ruas continuavam vazias. No caminho, pensei ter notado manchas negras na paisagem que corria rápido pelas janelas. Afastei minha atenção delas tentando me informar sobre a San: sem sucesso. Lina não atendia nem respondia mensagens. Notei o avançado da hora e imaginei que ela estivesse dormindo. Resolvi ligar pela manhã, assim que possível.

Quando estacionamos, saímos do carro alertas. Tudo deserto. A chuva já cessara e a temperatura caíra, um vento úmido e persistente acentuando a sensação de frio. CG tiritava quando o ajudei a sair do carro, enquanto Lupe me passava as nossas bagagens.

O prédio era modesto, mas novo e bem cuidado. Cheirava a tinta e desinfetante. Esperando pelo elevador, olhei para ela com mais calma e, confesso, não sem lascívia. Dizem que o luto desperta o desejo, que o contato traumático com a morte nos leva a pensar mais em sexo do que o costume, e minhas sensações ali, diante de Lupe, confirmaram isso. Sei que existem ensaios a respeito; eu mesmo traduzi um de Lacan em que, se não me engano, ele diz que o luto constitui o desejo. Algo assim. Vi-a no saguão, e não consegui evitar adivinhar as formas bem torneadas do pequeno corpo, encobertas pelo jaleco ainda molhado. Ela era pequena, a Lupe, mas de sua figura emanava uma obstinação tal, uma firmeza tamanha, que parecia maior do que se apresentava ao mundo.

Conhecia-a fazia apenas algumas horas, mas me impressionavam a franqueza e a autenticidade de seus olhos. Tudo nela me impressionava, na verdade, talvez pelo fato de que essa força não viesse tanto de seus traços, mas de suas atitudes. Da forma como revestia de certeza os seus gestos e de segurança as suas falas.

Não, não havia nada de sublime naquele rosto de formato vulgar, naqueles lábios pequenos, mas determinados, acima de um maxilar tímido; naqueles olhos castanho-escuros, nos cabelos negros tingidos de loiro. Porém, ali, parada à minha frente, ela transmitia um estranho conforto, uma certeza quase fora de lugar de que nem tudo iria mal. Claro que essa impressão tinha muito de esperança e pouco de racionalidade, dado o contexto de então. Em todo caso, eu me sentia bem com ela por perto.

O apartamento também era simples e limpo. Pouca mobília se espalhava pelos cômodos - a sala, um quarto, a cozinha e um banheiro. Lupe conduziu CG para o quarto e me pediu para aguardar enquanto o examinava e tratava, dizendo para me servir do que quisesse na cozinha.

Não estava em condições de fazer cerimônia e me servi mesmo. Havia pouca coisa na geladeira, porém mais que o suficiente. Instalei-me em uma das banquetas em frente à pequena mesa e devorei dois sanduíches em menos de vinte minutos, acompanhados por dois copos de leite. Olhei ao redor: tudo rigorosamente organizado.

Pouco depois, meus pensamentos começaram a se embotar. Arrastei-me até o sofá da sala, onde me acomodei da melhor forma que pude. Adormeci no mesmo instante.

***

Um tilintar me despertou. Lupe estava na cozinha. Minha cabeça doía e demorei um pouco a organizar as ideias.

— Que horas são?

A consciência custava a voltar. Entrevi-a vindo para a sala e enxugando as mãos em um pano. O perfume fresco que a precedeu me despertou. Tinha tomado banho e vestia *shorts* que deixavam belas coxas à mostra, e uma blusa folgada que me permitiu adivinhar o tônus dos seios. Senti uma pontada de culpa ao pensar em San, mas acabei me permitindo a contemplação voraz. Uma indulgência pela tensão recente.

— Uma e meia. Você tava roncando alto. — Sentou-se, ou melhor, despencou na poltrona à minha frente. Então, com um gesto hábil, acendeu um cigarro e abriu a janela. Recuei ante o sopro ameno que entrou por ali. — Seu amigo tá descansando no meu quarto. Que estrago fizeram nele...

Olhei-a, agora acordado e atento.

— Machucaram muito. Eu tava com medo de uma perfuração intestinal, mas aparentemente não tem. Só lesões mesmo, e nada quebrado. Ele vai ficar bem.

A volúpia deu lugar à consciência dos fatos. Não consegui evitar um gesto de desistência. Ela deu uma longa tragada e virou o rosto para o céu escuro na janela. Seus olhos se projetaram para muito além dali.

— Pelo que vi, as pessoas reagem de forma diferente. — As ideias já estavam mais claras em minha mente. — A maioria parece ficar catatônica, mas algumas pessoas enlouquecem. Os três caras que fizeram isso com o CG, por exemplo.

Ela continuava olhando para longe. De lá emitiu um grunhido interrogativo.

— Você já tinha visto isso outras vezes?

— Sim. Foi tudo meio gradativo.

Apagou o cigarro e não disse mais nada. Eu também me sentia exausto demais para continuar.

— Seu amigo vai ficar no meu quarto. Tudo bem se eu colocar um colchão pra você no chão? Eu fico no sofá.

Disse que o sofá estaria ótimo para mim. Ela retirou um colchão de trás de um armário, estendeu sobre ele um lençol e desabou. Deitei-me também e, embora impregnado de sono, não queria interromper aquele momento.

— O que você pretende fazer?

— Não tenho ideia — ela já havia fechado os olhos. Sua fala se tornou mais e mais pausada. — Talvez ir para a casa dos... dos meus pais, no interior...

Ao final da frase, já ressonava. Resisti um pouco mais, contemplando aquele corpo pequeno e firme entregue à inconsciência, tentando ocupar minha mente com o que faria com ele caso me fosse concedido. Mas tampouco fui muito longe.

22

No dia seguinte, quando abri os olhos, reparei que a sala estava encerrada em uma penumbra acolhedora - Lupe devia ter fechado a janela durante a noite. Ao meu lado, no colchão vazio, havia um pequeno bilhete: "Fui ao mercado e já volto. O CG ainda estava dormindo quando saí. Dá uma olhada nele, por favor."

Levantei-me dolorido ao som de meus ossos estalando e abri uma fresta na janela: o sol já estava no alto de um céu sem nuvens. Devia ser por volta de onze da manhã. Enquanto virava um grande copo de água, olhei para o relógio da cozinha - onze e vinte e dois. *Dormi por mais de dez horas*, pensei animado, caminhando até o quarto. Às duas leves pancadas que dei na porta, respondeu um grunhido grave; entrei.

CG se recolhia ao canto oposto da cama, virado contra a parede. Quando o chamei, ele respondeu com o mesmo resmungo, e logo percebi que não queria muita conversa. Insisti:

— Como você tá?

Não consegui ouvir a resposta.

— As dores?

Ele continuava gemendo contra a parede.

— CG, você não quer falar sobre o que aconteceu?

Só então ele se virou para mim, com uma violência que me assustou. Percebi, à fraca luz a invadir o quarto, que a expressão era de ódio. As sobrancelhas se arqueavam acima dos olhos vítreos, a boca se crispava e os lábios tremiam. Pensei em sair dali, mas a voz dele me reteve.

— Não, não quero falar sobre o que aconteceu. Até porque, se eu não tivesse entrado na merda do carro, nada teria acontecido! — Eu conhecia bem os rompantes de CG, mas esse era pior. Ele se enfurecia ainda mais quando eu tentava interrompê-lo.

— Se você não tivesse me enchido o saco porque precisava de companhia, por causa dessa merda dessa sua vaidade, eu estaria na porra da minha casa, tranquilo, sem sentir o corpo todo quebrado e o cu rasgado! Seu bosta!

— Calma, cara, na sua casa...

— Calma merda nenhuma! — Arrastou-se pela cama em minha direção enquanto recuei. Seu tom era baixo e ameaçador. — Você vai me deixar na rodoviária agora mesmo. Já que tá tudo fodido, não faz diferença se estou aqui ou em casa.

— CG, você viu como as coisas tão. É muito perigoso circular por qualquer lugar...

Ele se aproximou um pouco mais.

— Exatamente! Qual é a diferença?

— É melhor ficarmos juntos, cara.

— Com você? — Agora ele estava a menos de um metro de mim. — Com você? Sabendo que assim que você tiver a oportunidade, vai enfiar a pica na mocinha ali? E que aí vai pouco se foder pro resto?

Antes que eu pudesse responder, a porta de entrada foi aberta e fechada com um estrondo. Lupe veio correndo até o quarto. Estava muito pálida quando jogou no chão dois sacos plásticos e se recostou na cama.

— Vamos sair daqui agora.

Enfiou o rosto nas palmas das mãos e começou a chorar. Enquanto aproximei-me para confortá-la, CG olhava-a intrigado.

— Aquela porcaria preta... — falava entre um soluço e outro — tá se espalhando... no mercado, nas lojas ao lado... os tetos escuros e as pessoas... — Voltou a chorar. CG se aproximou e colocou a mão no ombro dela. Parecia um pouco mais calmo.

— Vamos embora agora mesmo — encarou-me, já sem tanto ódio. — Essa merda tá bagunçando a cabeça da gente.

Lupe levantou o rosto lavado em lágrimas.

— Vocês podem me deixar na casa dos meus pais? Fica em Bituruna, a umas quatro horas daqui. É um desvio curto na rota de vocês, mas acho que a estrada é a mesma que leva pro Rio Grande do Sul.

Lupe havia ligado para os pais para se certificar que estava tudo bem por lá, sem mencionar o que acontecia por aqui. Claro que a levaríamos; então, ela se recompôs e abriu os sacos no chão.

Fizemos uma rápida refeição. Enquanto comia, liguei novamente para Lina. Dessa vez ela atendeu, e as notícias foram animadoras: San começava a reagir a alguns estímulos. Parecia que aos poucos voltava à superfície. A previsão dos médicos era a de que ela retomaria a consciência em alguns dias.

Fora isso, no entanto, o cenário era catastrófico. Lina contou que, por onde quer que fosse, via aquela coisa negra "no alto", e as pessoas agindo de forma "bizarra". Segundo ela, estavam confinadas em casa. Só iam ao hospital, pois sabiam que lá havia um forte esquema de segurança. Aliás, o governo já anunciava medidas de emergência, ainda que de forma desorganizada e confusa. Ninguém, nem os especialistas que começavam a ser ouvidos pela imprensa, tinha ideia do que estava acontecendo.

Mas o que Lina e muita gente já percebia é que não se poderia olhar por muito tempo para a manifestação escura, "porque a gente só pensava em coisa horrorosa". Devíamos não só não olhar para a coisa negra, mas para os brancos dos olhos também, apressei-me em alertar.

Aproveitei para contar tudo o mais: do Téo, da Vera, da minha suspeita em relação ao Môa, de onde estávamos e do que havíamos presenciado por aqui. Enquanto Lina me ouvia, avisei-a de nosso destino e pedi que, assim que possível, ela se juntasse a nós com a família. Era só isso o que nos ocorrera pelo momento, fugir para algum lugar inabitado. Ela concordou e disse que conversaria com a mãe assim que San melhorasse. Despedimo-nos torcendo por um breve reencontro.

— A boa notícia, a notícia maravilhosa, é que a San tá melhorando — CG deu um leve tapa na mesa e sorriu. Dirigi-me para Lupe e contei-lhe sobre quem era e sobre o acidente.

— Que bom — disse ela, sinceramente. Com efeito, boas notícias eram cada vez mais raras naqueles dias. Então deviam ser celebradas sempre que surgissem - mesmo que viessem de desconhecidos.

23

Caímos na estrada por volta da uma da tarde, sob um sol fulminante. Ventava e um batalhão de pequenas nuvens se organizava no céu; choveria em breve. A ventania deslocava todo tipo de detrito pelas ruas desertas e policiadas. Passamos por alguns tumultos, mas evitamos olhá-los. Apenas entrevi as manchas escuras se formando e expandindo em meio a gritos e sibilos.

Na saída oeste da cidade, fomos parados por um comando. Dois policiais tensos, pistolas em punho apontadas para nós, aproximaram-se do carro, ordenando que baixássemos os vidros e entregássemos documentos. Estavam de óculos escuros e eu evitava um olhar direto. Mas era evidente, pela articulação de seus gestos, que não estavam *ocupados*.

Olhei rapidamente para Lupe e CG, que estavam aflitos como eu. Com palavras ríspidas, os policiais nos obrigaram a descer e nos revistaram, apalpando-nos com truculência. Notei a expressão dolorosa no rosto de CG, que ainda assim dera um jeito de atenuá-la. Depois, os guardas ordenaram que abríssemos o porta-malas. Só então se afastaram para liberar o caminho.

E só então soltei a respiração. Algo me dizia que os oficiais poderiam ter atirado em nós sem maiores motivos, e antecipei o pior. A carga de nervosismo daquele encontro foi tamanha que não pude escapar à impressão de que alguma tragédia aconteceria. Ao acelerar para longe dali, senti-me surpreso por continuar vivo.

O olhar de Lupe se perdia no horizonte, já bastante carregado.

— Agora a gente segue nessa estrada por mais uns oitenta quilômetros. Quando chegarmos a Palmeira, pegamos a esquerda. — Ela se virou para mim. — Você tá bem pra dirigir?

— Sim, dormi muito essa noite.

— Percebi. Você nem se mexeu quando me levantei pra fechar a janela.

Um calafrio me retesou as mãos. Logo percebi que me excitava essa súbita intimidade estabelecida com uma estranha, e não busquei sua natureza ou sua origem. Excitei-me diante da lembrança do corpo bem apanhado e adormecido ao meu lado.

Olhei para o retrovisor: o sorriso irônico de CG denunciava o triunfo que sentia. Ele me conhecia até do avesso. O sorriso também revelou que ele me pedia desculpas, sendo incapaz de pronunciar essa palavra por conta da soberba com que sempre atravessou a vida. Mas eu gostava daquela figura cínica, e é evidente que compreendia a cena da manhã, diante do que ele havia sofrido. Por isso, sorri de volta.

*****

Avançávamos sob nuvens baixas e escuras. Quando as primeiras gotas caíram, redobrei a atenção. A estrada não era boa: asfalto esburacado, curvas mal projetadas e muitos caminhões me obrigavam a dirigir com mais cautela do que o habitual. Desacelerei quando a tempestade começou de fato. Tampouco fui capaz de ouvir a conversa entre Lupe e CG - ou melhor, o monólogo de Lupe, já que CG apenas o acompanhava com ruídos esparsos. Ela acendera um cigarro e parecia sentir muita necessidade de falar, forçando a voz para se sobrepor ao ruído da tempestade. Eu retinha apenas fragmentos.

"Saí da casa deles com dezessete anos...", "morava com três meninas no centro de Curitiba...", "fiquei noiva com vinte anos, mas depois descobri que o cara não valia nada...". Ela conversava desenvolta com CG. Embora eu não prestasse atenção, aquilo me agradava.

Enfrentando outra vez alguma acusação de minha consciência, não consegui evitar uma fantasia: a de que aquela seria a nossa conversa depois do sexo. Seria o momento em que, esquecida de si mesma, ela se sentiria encorajada a estabelecer outra comunhão - a intelectual –, falando sobre tudo e nada e, nesse ínterim, abrindo as portas de alguns compartimentos secretos de sua intimidade.

E eu a ouviria de perto, aninhado em seu colo, que subia e baixava ao balanço do relato. Eu a ouviria por quanto tempo aguentasse, até que, não mais resistindo à dança daqueles lábios firmes, seria obrigado a interromper seu movimento com um beijo certeiro – tímido no começo, descarado a seguir.

E a reação dela me deixaria descontrolado. Nada me excita mais do que uma mulher eloquente, de personalidade, calada pelo prazer. Eu a beijaria enquanto minha mão direita se acomodaria entre suas pernas, que se fechariam em uma armadilha. Uma armadilha desnecessária: não tiraria a mão dali até que os dedos a deixassem ensopada, como se sua buceta se liquefizesse.

E quando a sentisse inundada, desceria meus lábios pelo seu queixo, me atrasaria no pescoço a mordê-lo devagar, depois faria o mesmo nos seios, apalpando-os com uma mão enquanto a faria chupar os dedos da outra. E, enfim, partiria rumo àquela fonte, na qual encaixaria a minha boca para sugar a lubrificação cuja evocação, enquanto eu dirigia, quase fazia minha calça estourar.

Eu a chuparia e lamberia com força, e seus gemidos seriam mais intensos até do que o chiado violento da chuva – até do que a própria Lupe, que continuava a falar. Eu pediria para que ela gemesse mais e mais alto. Empurraria as coxas para que se abrissem mais e demarcaria, com a saliva misturada ao fluido, toda a extensão daquele território precioso guardado pelas virilhas de uma mulher, não me esquecendo de um milímetro sequer entre um paraíso e outro.

Então, ao sentir as vibrações percorrerem o corpo dela, ao notar as marolas que prenunciam a grande onda, eu a viraria de bruços e, com as mãos em alavanca na cintura, sem dizer uma palavra, a levantaria. Ergueria a bunda, que imaginava consistente, e inclinaria suas costas com a mão agarrada à nuca, pressionando a cabeça contra alguma superfície macia. E, ao deslizar meu pau dentro dela – já com alguma familiaridade, pois não seria a primeira vez –, sentiria o espírito me escorrer pelo corpo e subir rumo ao zênite, rodopiando, rodopiando, rodopiando...

Foi a própria Lupe - com um grito, e não um gemido - que me trouxe de volta: o carro saía da pista e invadia o sentido contrário.

Por sorte, a estrada estava vazia. Consegui acertar a direção sem problemas enquanto os dois descarregavam a energia do susto em mim. Pedi desculpas, menti, dizendo que a chuva e a paisagem haviam me hipnotizado, e que não aconteceria de novo. De todo modo, eles não tinham escolha: Lupe não sabia dirigir e a carta de CG fora suspensa por excesso de multas.

Mas não tardou muito para que eu me entregasse a outro devaneio - menos excitante, é verdade, mas tão auspicioso quanto. Ao passarmos pelo entroncamento da cidade de Palmeira, nenhuma gota mais caía do céu. Adiante, o sol baixava entre ondulações escuras de montanhas. Como um cisne que morreria dentro de minutos, e que por isso cantava seu fulgor sanguíneo pela imensidão negra que trazíamos conosco do leste. Pouco depois, o cisne se calaria pela eternidade de uma noite.

Nosso silêncio foi reverente. Não sei quanto aos dois, mas a contemplação me fez um bem imenso. Senti-me reconfortado ao pensar naquele movimento astral como prova irrefutável de que, acontecesse o que acontecesse, a Terra continuaria girando, a grama, crescendo, e os gatos, fugindo de cachorros. Era libertador imaginar minha insignificância em relação a algo cuja grandeza não se concebe, era revigorante abnegar minha existência diante da grande marcha dos tempos, sem origem ou destino - a minha e a de toda a espécie, assim como a de qualquer catástrofe que sobre ela se abatesse.

Sem que eu tirasse os olhos da estrada, meu espírito voltou a vagar por aquele horizonte cuja infinidade me parecia pacata, amiga. Um céu já negro, e eu não pensava, então, que talvez chegaria o tempo em que o outro negror - aquele que acompanhávamos se difundir mais e mais a cada dia, a cada hora, a cada segundo - se sobrepusesse ao de sempre. Ou talvez já pensasse, não sei. Impelido pela esperança de que isso não acontecesse, em um gesto irrefletido, coloquei minha mão sobre a de Lupe – que não a retirou.

24

A pequena Bituruna tinha lá seus encantos. Em tempos mais serenos e sob ângulos específicos, até poderia se passar por uma cidade adorável. Seus vinte mil habitantes se espalhavam por uma região montanhosa no sudeste do Paraná - a maioria era dependente da extração e do beneficiamento da madeira, contou-nos Lupe enquanto subíamos uma estrada sinuosa e aconchegante.

Era o caso do pai dela. Depois de duas décadas empregado em empresas do ramo, o homem investiu suas economias em uma pequena marcenaria. Produzia móveis e objetos para as casas de campo do entorno - havia vários condomínios nos quais famílias ricas do Paraná tinham seus refúgios. Lupe, a expressão cheia de orgulho, explicou que o negócio acabou dando certo.

A noite já estava madura quando atravessamos um charmoso portão de ferro para entrar em um amplo terreno nos limites da cidade. Após cruzar o gramado bem aparado, chegamos a uma casa revestida de madeira escura. Ao descer e contemplar o majestoso reflexo da lua no rio Iguaçu, que demarcava o limite norte da cidade, perguntei-me, e à própria Lupe, como ela tinha sido capaz de abrir mão daquela quietude em nome da vida desordenada da cidade grande.

— Eu enlouqueceria nessa tranquilidade toda.

O casal que surgiu na porta não poderia ser mais simpático. Lupe os avisara de que a acompanharíamos - e insistira para que passássemos a noite por lá. Seu Inácio, com prováveis setenta anos, e dona Eurídice, que chegava à mesma idade, eram um pouquinho mais baixos do que a filha única, a quem contemplavam com os olhos úmidos de orgulho. Um pouco mais baixos, mas tão bem talhados quanto.

Cumprimentei-o, e a mão calosa de seu Inácio quase estraçalhou a minha. Com o aperto, deixou claro o tamanho do estrago que poderia fazer caso precisasse. Dona Eurídice, por sua vez, alertou que "ficaria enjerizada" se não a chamássemos por Dona Dice, como todos faziam. Lupe ainda perguntou por Athos, estranhando o fato de o cão não ter vindo saudá-la. A mãe disse que ele, já velho, devia estar em algum lugar no depósito dos fundos. Em suma, no instante em que cruzamos o alpendre com as malas e entramos na casa, senti-me acolhido.

Não era pouca coisa. Parecia que os acontecimentos e as notícias ainda não tinham sido capazes de perturbar a mansidão daqueles cantos. E foi para que continuasse assim que, trocando olhares enquanto devorávamos a milagrosa refeição preparada pela mãe de Lupe, consentimos em não fazer menção alguma aos horrores que presenciamos.

Como chegamos tarde, os dois já haviam jantado, mas reservaram uma enorme quantidade de comida para nós. Lombo de porco com alecrim, tutu de feijão, arroz tropeiro e mandioca frita. Fazia tempo que eu não me regalava tanto.

Havia vinho também. Seu Inácio serviu duas garrafas do produtor local – outro orgulho biturunense, afirmou, olhando de cima para baixo, ao encher nossas taças até quase transbordarem. Toda a conversa coube a CG e a Lupe, que com cuidado abastecia os pais de novidades da capital.

Alimentados e com o espírito expandido pelo álcool, papeamos noite adentro. Ouvimos com interesse as histórias da jovem cidade – Bituruna tinha não mais do que a idade dos pais de Lupe – contadas por seu Inácio, que bicava sem parar seu doce tinto, até que resolveu se juntar à mulher, que já havia se retirado "para fechar um pouco os olhos".

Sentia-me animado, talvez pela percepção de que a pasta negra jamais seria capaz de macular aquela atmosfera. Não queria dormir. E, diante da minha sugestão de abrirmos outra garrafa, CG também anunciou que ia para a cama.

Após ele sair, um silêncio incômodo se estabeleceu. Eu trocava olhares rápidos com Lupe, e foi ela quem tomou a atitude:

— Você toma mais uma, então?

Estendi a ela minha taça. Estava um pouco tonto.

— É incrível como eu me sinto bem aqui. Parece que nada do que vimos aconteceu — queria prolongar aquela sensação.

Lupe se ergueu com algum estardalhaço.

— Tenho que pegar uma garrafa no depósito, aqui não tem mais.

— Vou com você.

Ao abrir a porta dos fundos, ela olhou para fora e fez sinal para que eu parasse. Chamou pelo cão, que não deu sinal.

— Pode vir — falou entristecida. — Se ele não apareceu até agora, deve estar recolhido em algum canto, tadinho. Já tem mais de doze anos.

Cruzamos o quintal gramado até um galpão, também revestido com madeira escura. Lá dentro, a umidade era quase palpável, mas eu mal a percebi. Havia tomado uma decisão segundos antes e não me perdoaria se retrocedesse.

Esperei que ela retirasse uma garrafa da adega improvisada e, no momento em que passou por mim, procurei por sua mão livre. A mesma sobre a qual tinha colocado a minha, horas antes.

Ela respondeu ao toque. Então, encostei-a contra a parede, coloquei a garrafa no chão e a beijei. Não como tinha fantasiado ou premeditado, mas da única forma possível quando duas bocas se tocam pela primeira vez: um pouco desastrada, curiosa. Ainda assim, eram lábios firmes como toda ela, e a língua, imperiosa. Gostei daquilo e me sujeitei, mais reagindo do que tomando a iniciativa. As mãos dela percorreram meu corpo como queriam, as minhas apenas correspondendo.

Uma delas logo tocou meu pau já duro. Com habilidade, desabotoou-me. E com a ajuda de um pezinho pequeno e bem-feito, livrou-me da bermuda. Depois, fiz o mesmo com seus *jeans*, agarrando as nádegas tão robustas quanto eu havia imaginado. A voz aguda dela se assemelhava a um ganido sensual e reverberava pelos cantos do silêncio mofado.

Com outro gesto impensado, virei-a de costas. Mordi sua nuca enquanto, segurando os seios por dentro da blusa, trouxe-a de encontro a mim. Uma de suas mãos acariciava meus cabelos e a outra guiava meu pau. Percebi que os ganidos dela soavam cada vez mais altos e me detive. Temia não aguentar por muito tempo. Confusa, ela se virou para mim e também parou.

Mas os ganidos, não.

Muito abertos, os olhos de Lupe vasculhavam os meus. Demorei para entender que o som não vinha de sua boca.

Vestimo-nos. Ela saiu caminhando devagar pelo galpão e logo depois a ouvi abafar um grito. Corri em direção à silhueta imóvel no canto oposto, de onde vinham os ganidos, agora misturados a rosnados. E a sibilos. O que vi então aniquilou qualquer sensação de cura ou paz proporcionada por aquela noite.

Clareado pelo facho de luar que atravessava uma janela, o pobre cão - um enorme fila brasileiro - estava enrodilhado no canto. Tremia convulsivamente, a ponto de ouvirmos o entrechocar de seus velhos ossos, e ora emitia ganidos de cortar o coração, ora rosnava. Não percebia nossa presença, mas não nos aproximamos. Quando os uivos se intensificaram, notei os caules negros se projetando da cabeça do animal, que enfim se ergueu.

Então, dotado de súbita agilidade, Athos começou a atacar tudo o que havia em volta. Mordia furiosamente móveis e objetos à medida que os filetes escuros atingiam o teto. Agarrei o braço de Lupe, que chamava pelo cachorro entre soluços, e aos poucos nos afastamos enquanto o estrago era cada vez maior. O animal babava enlouquecido, cego, destroçando o que encontrava pela frente. Até que se virou em nossa direção, farejando o ar.

Tudo aconteceu muito rápido. Prevendo o pior, tateei até encontrar um ancinho enferrujado. Quando o cão saltou em direção a Lupe, as garras à mostra, atravessei-o com a ferramenta, enfiando-a na diagonal de seu peito. Mas o golpe não pareceu afetá-lo; Athos avançou de novo, o som oco das mordidas intercalado com rosnados, latidos e ganidos. Mantive-o afastado com o ancinho, Lupe encolhida atrás de mim. As presas do cão se fechavam com tal violência que arrancaram um pedaço de sua língua e a mandíbula se deslocou. Encontrando um espaço, ele se desvencilhou do ancinho e investiu mais uma vez, o maxilar pendendo abaixo do focinho sangrento. Com um espasmo, enterrei os espetos em seu pescoço, perfurando-o de lado a lado.

Lupe continuou estática quando o corpo do animal tombou, agora sem vida. Tampouco consegui me mexer enquanto o cadáver era erguido pelos ganchos de piche em direção à poça do teto – uma confusa silhueta escura, com o cabo do ancinho a se misturar à ausência. Desta vez, custei a acreditar. Recusava-me a aceitar aquela maldita fratura em uma noite que, até então, tinha sido improvavelmente feliz.

25

Levam-me pelas mãos estas duas torres de carne que percebo serem meus pais. Meus braços curtos estão quase na vertical para que minhas mãos se unam às deles, pequenino que sou, e cada passo de ambos equivale a três ou quatro de minhas perninhas. Caminhamos em silêncio por um descampado e o sol nos saúda à frente, sem que tenhamos de inclinar a cabeça para cima ou para baixo. O lugar é esplendoroso. Uma planície a ondular por todas as direções, como se uma brisa soprasse do centro da terra, sob o testemunho de poucas árvores. A vastidão se mistura ao horizonte, com ele formando um exuberante deserto no qual o espírito parece caminhar à frente do corpo, magnetizado por uma energia que a carne tarda um pouco a sentir. Um carpete sob o céu dourado do poente, estendido para nos conduzir a um destino que ainda não conheço. Pisamos descalços sobre a relva macia, revigorante. Sentimos as gotas de orvalho que se mantiveram ali retidas por toda a noite. As torres paternas caminham sem olhar para mim ou para os lados, os olhos estreitos como flechas lançadas à distância. Acompanho com assombro as expressões obstinadas de seus rostos, mas não preciso ser instruído a me calar. Não sei onde estou e para onde sigo, mas tenho consciência de que não devo questionar, de que devo seguir adiante. O aperto em minhas mãos é firme, é vigoroso o movimento com que me impelem a caminhar. Agora atingimos o cume de um suave aclive, que subimos sem custo, e vejo adiante e mais abaixo, não sem espanto, um extenso lago. Embora eu seja muito jovem, neste momento percebo como minhas impressões não prescindem de complexidade – e a imobilidade de suas águas me aterroriza. Talvez pela antiguidade, pela indiferença daquele magnífico espelho onde muitas luzes se esbatem – como se fosse um pedaço de céu caído. Hesito, interrompo meu passo, mas os gestos cada vez mais bruscos de meus pais me obrigam a seguir adiante. Vamos em direção ao lago, mais rápidos do que nunca, percorrendo o declive, pisando sobre nossas sombras fantasmagóricas já alongadas atrás de nós, maiores do que nós mesmos. Chegamos ao lago então tingido de vermelho, agora um pedaço do céu sangrento, caído. Em poucos segundos, compreendo o quão intolerável pode ser a desfamiliaridade ancestral. De alguma forma, pressinto que o lago está ali desde a noite dos tempos, e que entrar em suas águas significa aceitar a obliteração. Não estou preparado para isso e tento me livrar. Não quero entrar ali, de modo algum, não quero imergir na antiguidade sem começo ou final. Mas logo percebo que não é só isso que a caminhada me reserva: a torre paterna retira do bolso uma grossa fita de couro, enquanto a materna me empurra para dentro da água. Meus movimentos quase não causam ondas, o líquido parece ter a espessura do passado. Empurram-me céu tombado adentro, agora quase todo negro, até que meu corpo mergulhe por completo. Apenas minha cabeça se mantém acima da superfície, e os dois me amarram a um imenso tronco submerso. De onde as torres me abandonaram, acompanho-as saindo da água com calma e frieza, as duas silhuetas negras que diminuem à distância mais negra ainda. Sem olhar para trás, tão indiferentes ao meu desespero quanto o próprio lago que para sempre o abrigará.

26

De alguma forma, não me deixei perturbar tanto pelo que aconteceu naquela noite. Não faço ideia de como consegui. O mais provável é que já estivesse desenvolvendo um mecanismo de defesa contra a barbárie, e que aos poucos fosse me acostumando ao caráter medonho de tudo aquilo.

Foi passageira a minha revolta por ter visto se desfazer, daquela forma, a mansidão de nossa estadia na casa dos pais de Lupe. Pouco tempo depois eu estava refeito, embora mais desiludido e, ao que parecia, à espera de coisa muito pior. Com Lupe aconteceu algo semelhante: embora consternada pela brutalidade com que o cão fora morto, ela não emitiu uma palavra sequer, nenhuma expressão além de olhos marejados. Assim, por mais que o que tivesse acontecido com Athos fosse algo novo – até então, nenhum de nós havia presenciado um animal passar por aquilo –, foi preciso apenas uma troca de olhares enquanto saíamos do galpão à luz funérea do luar para compreender o que sentíamos.

Depois, olhei para as janelas da casa: permaneciam escuras. Ninguém tinha despertado com os ruídos. No dia seguinte, pensaríamos em como explicar aos pais de Lupe o que acontecera.

Saí do galpão e segui para o quarto de hóspedes, onde CG roncava. Com um levíssimo toque na mão de Lupe, que foi para o próprio quarto, despedi-me.

No dia seguinte, logo ao amanhecer, um dilúvio desabou sobre Bituruna. A ventania o anunciou, forte a ponto de chacoalhar a casa; acordei assustado pelo rangido das madeiras e em meio à escuridão. As janelas impediam qualquer passagem de luz naquele quarto. O sobressalto foi ainda maior quando, sonolento, ouvi a voz de CG do outro lado:

— Tá acordado?

— Agora sim.

A chuva começou a cair segundos depois, surrando o telhado. Mesmo assim, ele parecia disposto a conversar.

— Como terminou a noite?

Contei tudo. Depois, o silêncio fez a chuva soar mais ameaçadora.

— Porra, até um cachorro...

CG gemeu e ouvi a cama reclamando ao seu movimento.

— O que que a gente vai fazer, hein, Vex? Sério. Acho que é questão de tempo pra não ter mais saída.

— Olha, a única coisa que me ocorre agora é ir pra um lugar bem isolado. Tipo Não-Me-Toque. Até que alguém desenvolva um tratamento, sei lá.

Foi então que me ocorreu algo. Meus olhos se dilataram: como me esqueci disso por tanto tempo? Levantei-me, acendi a luz e, enquanto CG reclamava da claridade, revirei minha mala.

— O que você tá procurando?

Não respondi até retirar, dentre os trapos que havia lançado sem qualquer método, o calhamaço. Suspendi-o no ar durante alguns segundos.

— Que porra é essa?

Expliquei enquanto ele me olhava desconfiado. Disse-lhe que, por mais bizarra que fosse a obra, o pouco que eu tinha lido até então correspondia ao que vinha acontecendo. Contei-lhe sobre as teorias do autor a respeito da bile negra, sobre como suas partículas minúsculas se espalhavam pelos outros humores e sobre como, por meio de uma força desconhecida, eram atraídas umas às outras e... bem, eu precisaria continuar a leitura para saber mais.

Pouco depois, ainda sob a chuva que não dava trégua, bateram à porta: era Lupe. Seu aspecto era lamentável, havia dormido muito mal. Pediu para que eu não comentasse com os pais a respeito do cão, ela arranjaria alguma explicação. Concordei e enfim fiz a pergunta que queria ter feito há muito tempo.

— Nós vamos arrumar as coisas e seguir viagem. Você vem com a gente?

Havia uma súplica no olhar cansado dela. Talvez para que eu não tivesse indagado, afinal.

— Não posso...— Baixou os olhos. — Não conseguiria deixar meus pais aqui.

Claro que eu compreendia. Na verdade, tinha certeza de que ela não viria, mas os quase três dias que passamos juntos foram intensos. Estava mesmo atraído, encantado por aquela figura determinada, e percebi que ela sentia algo parecido. Lamentei que o único momento em que tivemos oportunidade de manifestar esses sentimentos fora arruinado, como milhares de outros momentos semelhantes devem ter sido, em circunstâncias similares. Aqueles não eram tempos para o amor.

CG mais uma vez percebeu a deixa e saiu para tomar banho. Com as mãos dela entre as minhas, recomendei que se precavesse. Se o cão havia passado por aquilo, tinha sido contaminado de alguma forma. Depois contei, de maneira confusa, sobre o nosso plano e sobre o livro. Ela me ouviu atenta e em silêncio. Confessei que não sabia direito o que fazer, mas que uma intuição me impelia a seguir para um destino afastado e a descobrir o que o tal guru tinha a dizer sobre a bile negra.

Era a mesma intuição que me impedia de ficar ali, uma vez que, aonde quer que eu fosse, parecia carregar a desgraça comigo. Não me perdoaria se algo acontecesse aos pais dela, ou mesmo a ela. Ergui a mão para interromper o protesto de Lupe: neste tempo, eu manteria contato. Embora pressentisse que isso não aconteceria, disse-lhe que nos reencontraríamos em algum momento, quando as coisas se acalmassem. Por fim, passei a ela a localização do sítio do meu avô.

Após o meu breve discurso, projetei o rosto na direção do seu, e o beijo que trocamos foi diferente dos anteriores; apreensivo, inseguro, *desesperado*. Cada um de nós procurou comunicar uma promessa naquele gesto, mas ambos sabíamos que era cada vez menos provável que promessas fossem cumpridas. Tentei não pensar em nada enquanto mantive meu lábio colado ao dela, colado e trêmulo por um tempo que não medi. Só me afastei quando CG voltou ao quarto, pé ante pé, de toalha presa à cintura, reclamando de dores pelo corpo.

Não foi fácil deixar a casa. Abalados pela fuga de Athos inventada por Lupe – seu Inácio me confessou que imaginava que isso poderia acontecer, já que ouvira dizer que alguns cães, quando farejam a morte, buscam a solidão –, os pais dela insistiram para que ficássemos por mais alguns dias. "Athos deve voltar", profetizou ele, antes de sugerir que poderíamos ir até o lago para dar um mergulho ou pescar, comer uma costela na Taverna do Zuffo, a Dice prepararia uma leitoa assada...

Os velhinhos eram mesmo adoráveis. Só após proferirmos delicadas desculpas conseguimos entrar no carro e partir, levando uma tonelada de provisões por eles entregues. No retrovisor, eram cada vez menores os gentis acenos dos dois e a expressão atônita de Lupe.

27

Bituruna sumiu rápido do retrovisor. As nuvens carregadas ficaram para trás e o céu daquela amanhã, até então indeciso após a tempestade, começava a se expandir em um azul que em outros tempos seria inspirador. Mas nenhum de nós estava sensível a qualquer tipo de inspiração. O silêncio em que viajávamos era contundente, não havia nada a dizer um ao outro. Ambos tínhamos a medida da gravidade da situação e qualquer comentário seria não só irrelevante, como também desgastante.

Por isso, o toque do meu celular nos assustou. Fazia tempo que não o ouvia e fiquei ainda mais surpreso ao ver que a ligação era de Môa. Estendi o aparelho a CG, que hesitou antes de atender.

A conversa foi inspiradora. Quem ligava era a Malu, e as interjeições eufóricas de CG me deixaram em um tal estado de excitação que quase perdi o controle da direção. Ela contou sobre uma possibilidade de tratamento. Uma técnica que vinha trazendo resultados promissores, embora ainda pouco testada.

— A EMT — CG revolveu mentalmente as palavras —, Estimulação Magnética Transcraniana. Parece que é uma engenhoca que dá choques eletromagnéticos em uma região particular do cérebro, estimulando ou inibindo alguma atividade específica.

De um fôlego só, CG contou como Malu percebeu que havia algo errado com Môa e, lutando contra "pensamentos nojentos", imediatamente o levou até o pai, que era psiquiatra. Este, já por dentro do que vinha acontecendo, resolveu testar no genro a máquina, que conhecera em um congresso recente e comprara pouco depois para seu próprio consultório. Os resultados beiraram o milagre: depois de uma sessão de vinte minutos, Môa, antes catatônico, pareceu despertar aos poucos, e os olhos, enfatizou CG, os olhos foram *clareando*. Não de uma vez, era verdade, mas ele saiu da sessão menos inerte do que tinha entrado - embora Malu ainda não conseguisse olhar por muito tempo para ele.

Encarei desconfiado o meu interlocutor antes de perguntar como estava Môa naquele exato momento.

— Ela disse que ainda tá estranho, mas tá melhorando a cada dia.

As sessões de EMT continuavam, e, aos poucos, ele recuperava o brilho aquoso nos olhos e voltava a fazer as observações corrosivas de sempre - ainda mais raras do que de costume, mas fazia. Continuei olhando-o de lado e não consegui conter o sorriso. Aquelas eram informações maravilhosas. As primeiras em muito tempo.

Pedi que CG retornasse a ligação. Queria saber mais, empanturrar-me daquela ambrosia que caía de céus tão macabros. Com o aparelho em viva-voz, ouvi a narração em timbre agudo, emocionado, de como o tratamento estava sendo testado em cada vez mais gente, com sucesso cada vez maior. Malu contou também que todos estavam confinados nas casas - ao menos aqueles que não "sucumbiram" - e que a situação era mesmo terrível.

Havia pouquíssimos postos onde a EMT estava disponível, e, conforme a notícia da eficácia se espalhasse, as pessoas, claro, passariam a se matar por isso. Baixando a voz como se compartilhasse um segredo, avisou que o próprio pai dela transportara o equipamento para a casa em que eles estavam confinados - ela, Môa e os sogros. E aprovou nosso plano de ir para um lugar isolado, ainda mais agora que surgia uma possibilidade de mudança no cenário.

Pedi para conversar com Môa, mas ele "estava descansando". Também perguntei pela San: ainda estava em recuperação lenta, mas dando sinais de melhora.

Não seria fácil descrever nosso estado de espírito depois dessas conversas. Não apenas pelas perspectivas de um potencial "antídoto", mas por saber que alguém que conhecíamos tinha esse antídoto.

Abrimos as janelas para lançar palavrões no vento e no céu, já todo azul. Liguei o rádio e, em uma coincidência arrebatadora, ouvimos uma voz tão poderosa quanto familiar: Freddie Mercury cantava "The show must go on", cujo refrão acompanhamos berrando até quase estourarmos as veias das têmporas.

Cruzamos a fronteira de Santa Catarina com o sol a pino. Decidimos seguir viagem sem paradas até Não-Me-Toque, comendo no carro algumas das várias provisões que dona Dice preparou para nós. Naquele ritmo, calculei que chegaríamos à noitinha. Assim que o fizéssemos, eu ligaria para Lupe para comunicar as novidades.

— Achei mesmo que fosse morrer lá naquele posto — CG falou depois de algum tempo, a boca cheia do bolo de fubá que eu também mastigava. — Ou, sei lá, coisa pior. Sei que descontei em você. Mas queria agradecer. No final, você salvou minha vida — deu outra mordida e olhou seriamente para mim. — De verdade, Vex. Obrigado.

Não respondi de imediato. Sempre achei difícil fazer confissões de afeto. Na maioria das vezes em que sentia a necessidade de comunicar a uma pessoa o quão querida ela era, resguardava-me em gestos que, eu assumia, seriam interpretados como evidências desse carinho. Naquele momento, porém, algo, talvez a intuição que se insinuava mais e mais, aconselhava-me a não reter nada. Respirei fundo e fui em frente.

— Porra CG, agora somos só nós. É você aqui comigo, um grande amigo, dos melhores que já tive, da minha segunda família — pensei melhor —, ou talvez da primeira. A família que me sobrou, a que procurei logo depois de sair de um dos piores momentos da minha vida, mas sem ter a menor ideia do que estava por vir. Você não imagina como é bom ter você ao lado por tanto tempo. Ainda mais agora. As coisas seriam muito mais difíceis se você não estivesse aqui.

Notei o leve rubor que se espalhou por seu rosto. Ele tinha consciência de quão árduas eram para mim declarações assim, tão custosas quanto para ele eram naturais. Por isso a nota sutil de escárnio em sua resposta:

— Também te amo, Vex. Não sei bem se faz qualquer diferença amar alguém nesses dias... nesses dias medonhos, mas te amo mesmo assim.

— Faz diferença, sim. Faz toda a diferença.

Sentia-me revigorado pelas notícias, e inclinado a alguma filosofia.

— Por mais que a gente não morra de amor pela *aventura humana*, por mais que várias vezes se pergunte onde é que tá o meteoro que vai acabar com tudo, a gente jamais imagina que vá testemunhá-lo.

CG acompanhava meu raciocínio de perto.

— É, a gente sempre pensa que é coisa pra duas ou três gerações futuras. Se bem que não sei se o que tá acontecendo *é* o tal meteoro, não tenho visto as notícias do resto do mundo.

— Eu também não, mas não tem motivo pra acreditar que em outro lugar seja diferente. Por mais contraditório que seja, a coisa me parece muito humana, *essencialmente* humana.

CG abrira a janela e tive que disputar sua atenção com o vento.

— É curioso, porque nunca liguei para aquela ideia bíblica do "*crescei e multiplicai-vos*". Por mais egoísta que seja esse pensamento, nunca achei que nossa espécie valesse o sacrifício que eu deveria fazer para mantê-la. E você me conhece, sabe exatamente como sou desorganizado. Então, tem noção do tamanho do sacrifício que seria.

— Tenho sim, e entendo. Mas e se o seu pai e o meu pensassem assim?

— É o que me vem à cabeça toda vez em que penso nisso. Bom, eles não pensaram assim, né? Talvez fossem tempos diferentes, menos individualistas. Mas aqui estamos.

Ao cruzarmos a fronteira entre Santa Catarina e o Rio Grande do Sul, a estrada se estendia em uma reta sem fim, espetada no horizonte. Julguei que poderia me entregar a devaneios sem grandes perigos.

— Talvez o lance seja não racionalizar nada disso, na verdade. Talvez as centenas de horas que passamos ruminando sobre dar ou não dar sequência à nossa matriz genética só percam todo o sentido no momento em que isso de fato acontecer.

— É, na verdade acho que é bem isso. A gente só segue em frente, custe o que custar. Seja por meio da nossa própria sobrevivência, seja por meio de filhos, seja em tempos de crise, seja em tempos de paz.

CG fechou a janela e virou-se para mim, como se alertasse para a importância do que diria.

— Minha questão nesse sentido, claro, é de outra natureza. Acho que minha concepção de família é menos catastrófica do que a sua, e eu realmente quero formar uma. Sou um romântico incurável, quero achar um companheiro de verdade, com quem possa dividir meus dias, de preferência até o final deles. E seguir em frente por meio dos filhos, nesse contexto, seria uma consequência dessa decisão, não importando tanto o método que a gente usasse.

— No fundo, talvez eu descubra que também quero uma família. É que os acontecimentos recentes deram uma bloqueada nisso.

CG me olhava esperando algo. Cheguei a ver a pergunta se formando em seus lábios, mas desviei o assunto.

— E acabou ficando pra depois... Sempre pra quando eu sentir diminuir essa energia que corre por mim. O que é um tremendo erro, na verdade, porque eu poderia usá-la pra me dedicar a um relacionamento saudável, coisa que...

— Você nunca teve, sei bem.

—... Eu ia dizer que nunca fiz, mas dá na mesma. E, bom, agora é que não vou fazer *mesmo*.

— Não te culpo. Eu também não consigo pensar em dormir de conchinha se vejo piche escorrer pelos olhos de uma pessoa.

Uma hora depois, a coisa apareceu no horizonte.

28

— Não olhe. Não olhe, CG!

Minha ordem saiu com um sobressalto. Veio irrefletida, embora eu mesmo soubesse ser impossível cumpri-la. Era a primeira vez que cruzávamos com algo parecido, algo para o qual não havia precedente.

Ao longe, a impressão era a de uma nuvem imensa, baixa e densa. Mas logo entendi se tratar de uma associação simplista. Minha mente era incapaz de encontrar um paralelo para o que meus olhos registravam: ao final da tarde, sob um céu já escurecido e após se encerrarem as fileiras de montanhas que nos escoltavam à esquerda e à direita, vimos adiante, incrustada na imensa planície, a alguns quilômetros da estrada e se aproximando, o tremendo véu negro. Pairava baixo como um presságio e tinha a dimensão de toda uma cidade - Ipiranga do Sul, pelo que indicava a placa pela qual passamos.

Só intuímos que ela estava lá por causa da estrada vicinal que se estendia até a região. Não havia qualquer sinal de Ipiranga do Sul. Nenhuma rua, morador, casa, igreja, carro, trator: nada à vista. Apenas aquela mancha a ocupar silenciosamente toda a extensão, a demarcar os limites do município. Um monumental defeito no panorama, que nos fascinava tanto quanto aterrorizava.

Estava à nossa esquerda. Quando passamos ao lado, desacelerei quase que sem perceber. Nenhum de nós emitiu ruído algum. Abri minha janela; a despeito do movimento do carro, a atmosfera estava plácida - ou mesmo morta. A ausência de vento era intolerável. Como se não bastasse aquele desequilíbrio no horizonte, havia também um desarranjo em tudo o que os nossos sentidos não eram capazes de reter. Nenhum outro veículo por perto. Pássaros tinham se calado, assim como o rumor das poucas árvores ao redor. Até o motor do carro parecia ter se aquietado.

Avançamos nesse silêncio cujo caráter mórbido, tenho certeza, não escapou a CG. Assim como não deve ter escapado o movimento que senti aqui dentro, tão vigoroso. Um conluio entre pensamentos e entranhas, uma rebelião deflagrada pelo panorama torto daquela região, cujo coração negro e vasto já deixávamos para trás. Ainda assim, era o território da pura maldade que atravessávamos, e que se insinuava para nós. Eram maus os pensamentos que me ocorriam, eram tiranos os espasmos que galvanizavam meu corpo e que, de alguma forma, eu tentava controlar.

Olhei para CG, mas não consegui enxergá-lo. Por alguns breves momentos, dirigindo não sei como, senti vontade de agarrar sua nuca e arremessar sua cabeça com tudo no painel do carro. Vontade de trucidá-lo, de retalhá-lo e de semear aquela terra nauseabunda com os pedaços de seu corpo, que eu rasgaria com meus próprios dentes.

Projetei atrocidades sem precedentes com meu amigo. E desta vez percebi, à medida que tais pensamentos me ocorriam, como o meu controle rapidamente se desfazia. Era como se as comportas de uma represa tivessem se rompido, e a vazão crescente das águas fissurasse as estruturas – em breve, o espaço organizado estaria inundado. CG, por sua vez, olhava-me com uma expressão lunática, com certeza vítima de impulsos semelhantes.

Foi só a muito custo que acalmei a rebelião dentro de mim, o véu negro já sumindo lá atrás. Só então voltei a vê-lo de fato, ali, tão assustado quanto eu pelo que acontecera – e pelos seus próprios pensamentos. Só consegui me expressar quando já havia uma enorme distância entre nós e a cidade engolida. Expressei-me na forma do choro que não consegui segurar e que saía por estertores pesados, profundos. Porque ao ímpeto assassino seguiu uma tristeza bárbara, cuja natureza eu não soube identificar, e que me prostrou. Chorei como criança, e CG, vítima do mesmo mal, foi incapaz de me consolar.

***

Viramos um para o outro, enxugando os olhos, a oitenta quilômetros de Não-Me-Toque. CG foi enfático.

— Por favor, não fale mais nada. Não me pergunte nada, não faça menção alguma ao que aconteceu daqui em diante. Tudo bem?

Ele nunca me parecera tão sério.

— Não quero nunca, nunca mais sentir sequer uma sombra do que senti ali atrás. Você entende?

Claro que entendia.

Conforme avançamos, as sensações foram se atenuando. Ao menos para mim. E quando, à noite já feita, comecei a distinguir alguns casebres espalhados pelas margens da estrada, uma familiaridade amiga se impôs. Tudo ao redor compunha uma daquelas paisagens nostálgicas pelas quais temos carinho e que permanecerão, ainda que transformadas pelo tempo, na memória.

Aquela paisagem, ao que parecia, não se transformara. Não me lembrava da última vez em que estivera no sítio de meu avô, mas percebia, ou talvez adivinhava, que quase nada tinha mudado.

Não-Me-Toque despontou como um clarão amarelado no horizonte, à nossa direita. Quando a vi e apontei a CG, respiramos aliviados. Temíamos não encontrar nada, nenhum poste ou lâmpada a distância, apenas o reflexo do céu noturno na terra, sem as estrelas. Desconfiávamos de que não resistiríamos a outro confronto com uma paisagem possuída. Mas a cidade estava ali, e aquela visão, a que tanto me acostumara em minha infância - pois passávamos o dia viajando e sempre chegávamos durante a madrugada -, de alguma forma me assegurou de que Não-Me-Toque permanecia livre.

O sítio ficava a uns vinte quilômetros do município, em um território ermo e desolado. Foi isso o que me fez vir para cá. E meu avô também, aposto. Quase oitenta anos antes, depois de partir lá das vastidões de Neuquén, na Argentina, e vir escalando o continente em busca de condições melhores e menos frias de vida, o velho se encantou com tudo o que encontrou por ali: o clima, a vegetação e as condições favoráveis para a cultura da terra.

E claro que, embora um homem rude como ele jamais admitisse, outras questões pesaram – em especial a minha avó, na época uma jovem de beleza acintosa, filha de italianos recém-chegados à região. Casaram-se logo, e meu avô obteve algum sucesso na plantação de grãos e cereais na zona rural da cidade. Mas sua esposa não viveu muito para usufruir da prosperidade. Morreu de câncer poucos anos após dar meu pai à luz,. Não cheguei a conhecê-la.

Meu avô tampouco conheci bem. Não são muitas as lembranças daquele homenzarrão de pele tinta pela cachaça – que afinal o matou – e curtida pelo sol da lavoura. Lembro-me, isso sim, das mãos grossas ralando meu rosto enquanto me debatia em seu colo, e do cheiro forte de álcool em cada bafejada vinda de sua bocarra. Não eram boas lembranças, mas ele logo se cansava de mim, de todos nós, e sumia.

Apesar de tudo, eu gostava do lugar. Sentia-me livre e feliz ao me cercar por aquela natureza domesticada. Passava horas e horas no "bosquinho", o amontoado de árvores que meu avô preservara ao abrir o campo para a plantação. Ficava um pouco afastado da casa. Lá eu me perdia em longos passeios de puro encanto, durante os quais me bastava andar, olhar ao redor, ouvir, farejar, imaginar.

Apenas estar longe da gritaria dos meus pais e tios, das confusões por qualquer motivo – que sempre se estendiam –, já era o bastante para eu não querer de lá sair. Mas minha mãe, eletrizada pelos debates, fatalmente vinha correndo me buscar. E, aos empurrões, enxotava-me de volta para a casa, embora soubesse que eu voltaria para o bosquinho assim que pudesse.

A evocação do lugar me arrepiou. Nem tanto pela distância no tempo, mas pela súbita consciência de que, no fundo, foi por isso que escolhera ir para lá. Foi dentro do bosquinho que, sem me dar conta, pensei em me refugiar no momento em que pressenti que o mundo começava a desabar.

Acreditava tanto na proteção daquele pedaço de mata fechada que não pensei duas vezes. Conforme avançávamos pela estrada de terra que levava até o sítio, isso ficou claro. Minha confiança era tamanha que seria capaz de convencer qualquer um. Perdia-me nestes devaneios quando CG me trouxe de volta. Pareceu impaciente:

— Estamos chegando?

— Sim, mais uns dez quilômetros. É que essa estrada não ajuda.

— Lá tem energia elétrica? Não sei se hoje lidaria bem com a ideia de dormir no escuro.

— Tem sim. Tem um sujeito que cuida da casa e que mora com a família ali perto.

— Achei que o lugar fosse isolado.

— É, mas alguém precisa ir lá de vez em quando pra ver se a casa ainda tá de pé. Ao menos até ser decidido o que vai acontecer com o lugar.

CG se calou pelo resto da viagem. Apesar de me sentir seguro da decisão de ir para lá, não encontrei argumentos para dissipar as nuvens que se amontoaram sobre seu rosto.

29

O céu não parece nem próximo, nem distante. Sustenta-se em seu próprio limbo esmaecido, tingido de uma indecisão mais pesarosa do que promissora. Engano-me: há sim promessa nesta cúpula sob a qual caminho por um terreno pantanoso, fétido. Uma promessa de piora. Ao esquadrinhar o céu, certifico-me de que se intensificará o incômodo que sinto por pisar descalço neste magma repulsivo, que devido ao odor intuo ser feito de uma mistura de fezes e outros dejetos. É uma planície corrupta em que meus pés entram até os calcanhares, enfrentando alguma resistência para dela se retirarem. Os miasmas, a textura pastosa, o chapinhar viscoso, tudo me enoja. Mas nada se compara à inquietação diante do que virá de cima, pois sei que um céu assim não descumpre seus votos. Caminho sem ter ideia de onde vim e para onde vou. Impele-me apenas a repulsa, a urgência de retirar meus pés desse lodo no exato momento em que ali os enfio. É um moto perpétuo, percebo, que será interrompido em breve pelo que despencará de lá. Em breve, não; agora mesmo. Vejo a estranha tempestade se formando ao longe, uma cortina escura que desce do teto ausente e vem chegando. Preparo-me para a lama em que se transformará essa superfície imunda. Conforme o tremendo véu se aproxima, percebo seu matiz marrom-escuro. A chuva me atinge em cheio, com gotas cujo choque contra meu corpo é mais rude do que seria o da água. São corpúsculos vindo aos milhares de encontro ao meu rosto, nublando-me a visão. Em vez do familiar ruído de estática, uma azáfama de zunidos, que atribuo à vibração de um velocíssimo bater de asas. É como se um imenso ventilador tivesse começado a funcionar por todos os lados. Logo compreendo. E à medida que compreendo, disparo a correr, uma reação instintiva, ignorante do fato de que me movimentar implica apanhar mais desta chuva pavorosa. Sim, as promessas se cumpriram. Superaram-se. É sob uma tempestade de baratas que me encontro, enquanto corro em direção a absolutamente nada.

30

A cidade ficara atrás de nós. Avançávamos pela alameda – o longo trecho de terra e árvores que ligava a estrada ao descampado onde estava a casa – quando CG, até ali cabisbaixo, olhou ao redor.

— Nem uma luzinha à vista — disse, apreensivo.

— Olha, tô com um bom pressentimento sobre tudo isso. Não saberia te explicar direito, mas algo me diz que ficaremos bem lá. Pelo menos por enquanto.

Em vez de responder, CG apenas suspirou e ficou olhando pela janela. Uma estátua sem rumo em meio a sabe-se lá qual tipo de pensamentos, até que as árvores se afastaram do caminho. Tínhamos chegado.

Sem me dar conta, diminuí a velocidade enquanto cruzávamos a clareira que se abriu. É curioso: sempre que desejamos chegar a algum lugar, ficamos tão ocupados com esse desejo que não sabemos direito o que fazer ao chegar de fato. Quando distingui o cercado de madeira que limitava o terreno, desliguei o veículo e fiz menção de sair do carro, pisando com cuidado no chão, lutando contra suspeitas difusas e desconhecidas. Talvez um castigo da terra por eu ter ficado tanto tempo longe dela.

Notei o sobressalto de CG e procurei acalmá-lo:

— Vou abrir a porteira. Tá tudo certo.

Ao sair, inspirei. Os perfumes da mata, em vez de me punirem, saudaram-me. As araucárias, os pinheiros, as imbuias, as damas-da--noite, o mato úmido, todos ali reunidos para me receber como um velho amigo. À frente do carro, meu corpo bloqueando um dos faróis, inalei mais uma vez. Deixei que as emanações me preenchessem, despertando as memórias de que precisava naquele momento. Um torvelinho de reminiscências se formou em minha mente. Não pude apreciar nenhuma delas com cuidado, tão rápidas e instáveis eram. Mas aquele pequeno cataclismo íntimo fortaleceu minha crença na proteção do lugar. Apressei-me, queria chegar logo à casa. Queria me sentir envolvido por aquela percepção de que tudo, afinal, ficaria bem.

Quando voltei ao carro, devia estar esbaforido, porque CG arregalou os olhos ao perguntar:

— Tá tudo bem?

Olhei fundo para ele.

— Sim. Este lugar me traz lembranças muito boas, cara.

O caminho até a casa era curto. Dois minutos depois, já estacionávamos no gramado em frente à grande silhueta recortada contra o céu estrelado, sem uma nuvem sequer. Mais uma vez, saí com movimentos estudados, agora acompanhado por CG. E aquele silêncio... aquela quietude era a mesma de tantos anos atrás, familiar e acolhedora, o mesmo manto de sossego e segredo que parecia conservar o lugar à parte.

Ao que parece, meu amigo também não ficou indiferente a isso. Enquanto cruzávamos a varanda rumo à entrada, evitando as placas de cerâmica quebradas do piso, vi, sob a luz das estrelas, sua expressão se descontrair:

— Que calmaria.

— Isto aqui é um santuário. Não sei como pude ficar tanto tempo sem vir.

Tateei a área em volta do batente da janela. Sabia que na parede havia uma fenda onde ficavam as chaves-reserva. Busquei-as sem ideia do que fazer caso não as encontrasse. Mas ali estavam, e logo abri a espessa porta de madeira, que reclamou do movimento.

Uma escuridão espessa tomava a casa. Todas as janelas estavam fechadas, interditando o luar. Antes de tentar os interruptores, avaliei a atmosfera: um grande recipiente cerrado onde o passado se mantinha vivo, exalando aromas que fermentaram por anos e me atingiram em cheio. O mofo dos estofados, o frescor da cerâmica, o verniz nas madeiras; todos os perfumes de minha infância persistiam lá, em comunhão para apaziguar um faro já exausto do fedor da desgraça.

Apertei o interruptor e os lustres banharam o cenário de amarelo. O mesmo, mesmíssimo cenário que eu guardava em minhas lembranças, simples e austero. Os sofás listrados frente a frente, a pesada mesa de centro, o grande e rude armário com as louças à esquerda, ao lado da mesa de jantar e, ao fundo, onde a luz mal chegava e à espreita como um imenso cão de pedra, a lareira - talvez o único arroubo de personalidade que meu avô se permitiu ao erguer a casa. Um enorme amontoado de pedregulhos encaixados do chão ao forro de madeira que acompanhava o telhado, com três metros de altura.

— Exatamente como me lembro. Não mudaram nada.

Ao meu lado, CG parecia mais tranquilo.

— Ninguém da sua família vem pra cá?

— Que eu saiba, faz muito tempo que não — saí rápido a circular pelos cômodos, para acender as luzes. Não queria manter a conversa naquele tópico.

A casa era térrea e os quatro quartos se espalhavam por um extenso corredor. Abri a porta do primeiro e lá joguei minhas tralhas, orientando CG a fazer o mesmo.

— Nem precisava pedir. Não tem chance alguma de eu dormir sozinho, gato.

Aproveitei aquele lapso de bom humor.

— Que bom. Então vamos esquentar alguma coisa do que trouxemos? Tô morrendo de fome.

CG foi rebolando atrás de mim enquanto eu o guiava pela ampla cozinha. Estendi a ele um pesado *tupperware*:

— A gente pode preparar este bolo de carne. Vou ligar pra Lupe e tentar falar com o pessoal de São Paulo — retirei o celular do bolso e o olhei por algum tempo antes de prosseguir. — Mas aqui quase não tem sinal. Tenho que ir lá pra fora.

O rosto dele se contraiu.

— É rapidinho, só pra ver como estão e avisar que chegamos bem. Qualquer coisa, você grita.

— Ai de você se der alguma merda...

— Relaxa, CG, não vai acontecer nada.

Deixei-o, não sem alguma apreensão. Sentia-me realmente seguro de que as coisas ficariam bem, ao menos por enquanto. As ligações foram, na verdade, um pretexto para me aproximar do bosquinho. Claro que tentaria falar com todos, mas precisava me certificar de que aquele local ainda permanecia ali, como se à minha espera.

Atravessei a porta de entrada e percorri o descampado em que a casa se assentava. Movia-me com rapidez, surpreso pela minha própria familiaridade com o caminho. Mesmo na escuridão, eu sabia para onde ir. Alguns minutos depois, já entrevia a massa escura das árvores.

O bosquinho parecia o mesmo, intocado. Aliviado, parei ali por alguns minutos, contemplando-o e procurando, ao redor, uma espécie de halo, algo que indicasse o magnetismo que havia me levado até ali. Mas o rasgo negro na paisagem permanecia inerte, indiferente ao que quer que eu sentisse e ao que quer que tivesse acontecido nos últimos dias, meses, anos, séculos.

Verifiquei o celular: havia sinal, mas pouco. A primeira ligação foi para Lupe, que não atendeu. Não deixei que aquilo me inquietasse e logo digitei o número de Môa. Não sabia direito o que esperar, mas certamente não era ouvir a voz lenta dele ao atender.

— Vex...

O susto me fez saltar.

— Môa? Cacete, como é que você tá, meu velho?!

— Hum... melhor, eu acho...

— Você tava dormindo? Te acordei?

As respostas vinham espaçadas, após alguns segundos e bastante agonia.

— Não. A estimulação me deixa um pouco zonzo.

Novo intervalo.

— Onde você tá? O CG tá com você, né?

Expliquei sobre nós. Mas ele ficou em silêncio, que foi interrompido por uma voz feminina. O timbre denunciava preocupação.

— Oi Vex. O Môa ainda não tá cem por cento.

Contei a Malu sobre nosso paradeiro e minhas intuições sobre o local.

— Escuta, eu ia perguntar pro Môa... Como estão as coisas por aí? Vocês não querem vir pra cá, todos?

Ela pensou por um momento e falou, com a voz um pouco embargada.

— Poxa, parece uma ótima ideia... — Longos segundos de silêncio. — Mas acho melhor esperarmos o tratamento do Môa terminar. Ele tem umas recaídas... Sei lá, às vezes não sabemos se vai dar certo. E seria impossível transferir o trambolho que é a máquina.

— Tem certeza, Malu? Não é pior ficar aí?

— Nem saímos mais de casa, Vex. Não nos expomos. Acho que seria bem arriscado fazer uma viagem nessa situação.

— Bom, a gente ainda não tem muita ideia do que fazer a partir de agora. Mas parece que as coisas por aqui estão calmas. Por isso pensei em chamar todo mundo que conheço pra cá.

Ela permaneceu muda.

— Tem lugar. Vou passar a localização pra vocês.

Silêncio, ainda. Olhei para a tela do celular - havia dois tracinhos de rede. Comecei a ficar apreensivo.

— Malu? Alô?

Muxoxos abafados, incompreensíveis. Malu retornou. Estava diferente, um tanto agitada.

— Valeu, Vex. Mesmo. O Môa tá agradecendo e mandando um abraço.

— Posso falar com ele?

— O quê?

— Com o Môa. Posso falar rapidinho com ele?

De repente, a voz dela se afastou, como se estivesse sendo hipnotizada.

— Quem... falar?

Súbita interrupção e novo silêncio. Logo depois, os malditos, os putos dos uivos, acompanhados por um som novo: um bramido. Violento, grandioso. Como o rugido de um gorila após massacrar, sozinho, todo um bando de inimigos - e que de repente notou minha presença. Joguei longe o celular.

No instante seguinte, recuperei-o da relva úmida. Sentia muita raiva. Môa e Malu estavam perdidos, eu tinha certeza. Pior: a tal EMT não resolveria merda nenhuma, e afinal de contas estaríamos todos condenados. Precisava falar com Lupe. Quando inseria o último dígito do número dela, porém, o aparelho começou a vibrar. Na tela, três letras que me gelaram a alma.

— San?

— Oi, Vex.

A voz dela vinha de muito longe.

— San, caralho, que maravilhoso te ouvir! Como é que você tá?

— Fugi do hospital.

— Como assim?

— Tá tudo um caos.

— Mas como você conseguiu —

— Me passa sua localização?

— Em Não-Me-Toque?

— É. A Malu me disse.

Enviei a localização no mesmo instante, atrapalhado. Tudo aquilo me deixava atordoado.

— Recebeu?

— Sim. Qualquer coisa te ligo.

— Você tá onde agora?

Ela havia desligado. Falar ao telefone se tornava uma experiência cada vez pior.

Ao retornar à casa, senti o aroma delicioso vindo da cozinha. CG acabara de colocar a mesa e tinha preparado alguns acompanhamentos. Brindamos com um pouco do vinho do seu Inácio e comemos avidamente.

Só dei a notícia quando estávamos terminando a refeição. Ao ouvir, ele quase cuspiu o que tinha na boca.

— Sério? Fantástico! Ela tá boa, então?

— Parece que sim.

Eu tentava a todo custo esconder sinais de apreensão.

— Vex, que coisa linda! Parece que esse lugar tá mesmo fazendo bem.

Sorri, pensando que seria ótimo se ele não perguntasse sobre o Môa. Continuei sorrindo, olhando para o nada, até que meu celular vibrou. Havia captado um rastro de sinal e acusava três chamadas não atendidas e uma mensagem. Todas de Lupe. Ao lê-las, meu sorriso se desfez:

"Tragedia por aqui. Manda as direcoes de onde vcs estao? Vou amanha com meus pais. Bj se cuida"

31

Naquela noite, apagamos. Terminamos de comer e, derrubados pelo vinho – CG mais animado e eu tentando esconder minhas súbitas preocupações causadas pela mensagem de Lupe –, desabamos na cama sem sequer trocarmos de roupa. Só deu tempo de apagar as luzes.

Lá pelas tantas, como costuma acontecer em ocasiões assim, acordei com um sobressalto. O coração marretava por todo o corpo e eu tinha a impressão de que algo terrível acabara de acontecer. Ao longo de toda minha vida, era comum acordar como se no rastro de uma tragédia, em meio a ecos do que quer que tivesse ocorrido de medonho enquanto dormia, poucos segundos antes. Ecos reais? Imaginários? Não conseguia decidir. Poderia ser um pesadelo, mas jamais me lembrava de nada. Só despertava, talvez devido ao som das pancadas do sangue bombeado. E despertava apavorado.

Foi o que aconteceu naquela noite. Abri os olhos por volta das três da manhã, sem nada enxergar ou ouvir. O negror e o silêncio eram absolutos. Nem a respiração de CG eu escutava, o que acentuou a sensação de desamparo. Fiquei paralisado por alguns instantes, perscrutando, esperando que a consciência retornasse por completo. Quando me senti mais desperto, levantei para pegar um copo de água.

O corredor iluminado me tranquilizou: tudo parecia igual. A luz da cozinha continuava acesa, mas a casa permanecia em silêncio. Grilos, corujas e quaisquer outros animais noturnos... nada, não ouvia nada além dos meus pés descalços estapeando o chão de cerâmica.

Foi impossível não associar aquela quietude, aquela imobilidade, à calmaria que antecede a tormenta. O desastre pairava sobre a casa – sobre o mundo. A esse pensamento, seguiram os rostos de San e de Lupe.

Estremeci. Ainda que meus sentidos e minha imaginação estivessem exaltados pelo estranho despertar, aquelas horas mortas só confirmaram as minhas intuições. Não tinha nada a ver com disputas afetivas, ciúme, ou o que fosse. Não havia lugar para isso naquela situação. Só pressentia que a chegada delas estava associada a algo maior, devastador. E aquela mudez era indício de que se tratava de um pressentimento a ser levado a sério.

Quando voltei para o quarto, o mundo pareceu sair da suspensão. Ouvi o ressonar de CG e o motor da velha geladeira, que sumiu assim que fechei a porta. Precisava muito conversar e chamei-o, baixinho: nada. Caminhei até o banheiro em busca do celular.

Nenhuma mensagem. Enviei instruções para San e Lupe e passei alguns minutos mexendo no aparelho, desatento, esperando o sono. Decidi tomar um banho de água morna, algo que costumava funcionar. Estava abrindo a torneira de água quente quando ouvi o som.

O mesmo que ouvira algumas horas antes no bosquinho, ao falar com Môa. Alto, grave, feroz. Meu coração disparou. De onde vinha?

Desnorteado, olhei primeiro pela janela e depois pelo domo envidraçado, no teto. Só então corri para o celular, em cima da pia: vinha dali. Joguei-o com toda a força contra a parede.

Permaneci parado, com medo de mover um músculo sequer. Logo CG apareceu na porta, a cara inchada pelo sono interrompido.

— Que aconteceu, Vex?

— O celular voou da minha mão e se espatifou. Desculpa te acordar.

Ele olhou para o chão, meio tonto.

— Volta a dormir, só vou tomar um banho rápido.

Saiu grunhindo e encostou a porta. Olhei para o aparelho despedaçado e quis enfiar a cabeça na parede: como pude ser tão impulsivo? Estava mesmo tão suscetível assim? Porque nada impedia que eu tivesse ligado sem querer para o Môa enquanto, sonolento, mexia no celular - que, sei lá, podia ter entrado em *viva-voz* no momento em que ele estivesse tendo um ataque... Agora tinha destroçado um dos únicos canais de comunicação com o mundo - ou com o que restava dele. Sobrava o aparelho do CG. Ao menos me ocorreu que ele havia registrado o telefone de Lupe, e com certeza tinha o de San.

Voltei moído para o quarto. Estava exausto, o que acentuava a sensação de catástrofe, de descontrole. Precisava voltar a dormir, pelo menos por algumas horas.

— Não sei mais o que pensar — CG estava desperto, no entanto. A voz dele me estremeceu. — Às vezes acho que vai dar, às vezes perco a esperança.

Eu não sabia o que dizer. Estava atordoado demais, preocupado demais. Mas também queria, ou melhor, *precisava* encontrar alguma forma de tranquilidade. Ele continuou:

— Tipo agora, de madrugada. Nesse silêncio — calou-se por alguns segundos. — É difícil não ter um pressentimento.

Eu entendia exatamente o que ele estava falando, mas tinha mais motivos para isso.

— Amanhã vou te levar ao bosquinho — sussurrei, como se o dissesse para mim mesmo. — Vai ficar tudo certo — e contei sobre o local, sobre como me sentia seguro ali, desde pequeno. Ele não pareceu animado:

— Acho que é mais uma vontade do que uma segurança real. Você *quer* que o lugar te proteja, né?

— Funcionava quando era pequeno. Quando as coisas ficavam feias.

Pouco depois, ouvi-o ressonando. Já eu, por mais que quisesse, não conseguiria dormir; não agora. O ruído vindo do celular continuou me perturbando e eu precisava me distrair dele. Remexi minhas coisas até encontrar o livro de Grigora e fui para a sala, onde me sentei em uma poltrona. Sob a luz fraca de uma luminária, comecei a folheá-lo.

Chamou-me a atenção um trecho sobre "vetores" do contágio da bile negra - pessoas que, fosse por terem enfrentado experiências traumáticas, fosse por apresentarem uma condição mental mais resistente, seriam capazes de acumular quantidades maiores do humor, sem serem por ele afetadas; seriam assintomáticas, por assim dizer. Mas esse acúmulo excessivo de bile negra em seus organismos seria o suficiente para contaminar outras pessoas, mais suscetíveis à substância e aos desequilíbrios causados por ela. Poderiam, então, os vetores serem imunes? Não achei uma resposta objetiva no livro. Grigora, porém, indicava que acúmulos maiores fatalmente quebrariam essa resistência, e mesmo os vetores sucumbiriam. Seriam casos raros, afirmava ele; consequências de hecatombes de enormes proporções - como a atual, pensei eu.

Notei, espantado, como tudo aquilo deixava de soar absurdo. Diante do que tínhamos passado e estávamos vivendo, as palavras de Grigora perderam o caráter embusteiro para assumirem uma qualidade visionária. Antes obscurantistas, agora iluminavam, era a verdade. Pensei em mim mesmo, em como devia vir lutando contra o avanço da bile negra em meu próprio organismo. Já não parecia descabido, não depois de tudo o que testemunhei. Os devaneios medonhos, as imagens vívidas, aterrorizantes... Seria eu um vetor? O que vivi, pelo menos o que me lembro de ter vivido, não parecia o suficiente para me alçar a essa condição. No entanto, eu vinha resistindo, não vinha? Outras pessoas também. CG e a própria San, ao que parecia. Seríamos uma possível solução? Ou um problema muito maior?

Grigora não oferecia respostas. Tampouco encontrei indícios de quem pudesse ser aquele homem, de seu espaço ou de seu tempo. A escrita era estranhamente desprovida de dados e arranjos sintáticos que me permitissem situá-la em um contexto específico. Era também um texto metamórfico. À medida que eu lia, percebia-o se transformando, os estilos diferentes deslizando uns para dentro dos outros, sem jamais se fixarem. Talvez fosse mesmo fruto de vários braços e cérebros, pensei, o sono já retornando e embaralhando as letras à minha frente. Coloquei o livro de lado e me arrastei de volta para o quarto. Na cama, tentei formular uma imagem mental daquele homem, daquela mulher ou daquele grupo misterioso. Antes que qualquer rosto surgisse, eu mesmo já deslizara para a escuridão.

***

Quando abri os olhos, desconfiei de que apenas alguns minutos haviam se passado. Quase nenhuma luz entrava pelas frestas da janela e ainda me sentia cansado. Mas a sensação de catástrofe iminente havia passado. Que horas seriam? Não tinha o celular para ver. Virei-me para CG: a cama estava vazia.

Levantei-me e peguei o pedacinho de papel que estava no chão, ao lado das minhas roupas:

"Fui explorar a região e já volto. Não quis te acordar".

Era curioso como acontecimentos absurdos e cotidianos se entrelaçavam com naturalidade cada vez maior. Naquela madrugada, eu havia destruído um celular que uivava. E pela manhã, lia um bilhetinho simpático do amigo que saíra para dar uma volta.

Segui desnorteado pela casa. O relógio da sala marcava quase dez da manhã. E o sol? Olhei pela janela: encoberto. Estremeci, mas eram apenas nuvens carregadas. O assobio do vento tampouco me preocupou. O lugar voltava a exercer seus efeitos apaziguadores sobre mim. E sobre CG também, considerado o bom-humor que vinha demonstrando.

Passei pela cozinha e preparei um sanduíche. A julgar pela tempestade que em breve desabaria, imaginava que ele voltaria a qualquer momento. Mastigava ouvindo o vento quando latidos afastados soaram. Eram os cães da vizinhança, provavelmente latindo para um carro.

Saltei e corri até o pátio. Um pequeno veículo freou com estrépito no meio do descampado. A porta do passageiro se abriu e Lupe saiu. Ergui os braços, mas ela foi em direção ao portão e fechou-o com violência. Ao voltar, abriu as portas para os pais.

Corri até eles e amparei seu Inácio, que, como dona Dice, parecia exausto.

— Vamos pra dentro logo — vociferou Lupe. Ela tremia e suava.

Quando atravessamos a porta, ela mesma a fechou com tudo, trancando-a. Aproximei-me, mas não ousei tocá-la.

— O que aconteceu?

— O que você acha? — Ela me olhou com fúria enquanto ajudava os pais a se sentarem. — Por favor, água.

Corri para servi-los. Depois de beberem, seu Inácio e dona Dice desabaram no sofá. Mal pareciam ter consciência do mundo ao redor.

— Você pode me contar o que aconteceu?

Só respondeu depois de virar dois copos.

— Porra, Vex. Você não faz ideia? Nem suspeita?

Por aquilo eu não esperava. Desespero, tristeza, desânimo, tudo bem. Mas rancor?

— O quê? Todo mundo na sua cidade...?

— É, cacete! Todo mundo lá, todo mundo em todo lugar! Essa merda não tem fim! — Estava muito nervosa. — Saímos de madrugada, meus pais estão em choque. Nem sei como meu pai aguentou dirigir.

De fato, seu Inácio não reagia a nada. Tentei um abraço, mas Lupe se esquivou.

— Tem umas camas pra gente? Precisamos descansar um pouco.

Acompanhei-os até um dos quartos, praticamente carregando os pais dela.

— Cadê o CG?

O rugido de um trovão retardou minha resposta. Pensei em San, que também devia estar para chegar.

— Foi dar uma volta. Ele tá bem — acomodei-os nas camas, os idosos gemendo. — Tá tudo certo com eles? — perguntei baixinho.

— Sim, só precisam de descanso — respondeu ela, já se virando para a parede.

Todos precisamos, pensei.

33

Assim que fechei a porta, a tempestade desabou. Aguaceiro denso e ininterrupto. Pensei em ir atrás de CG, mas temi não estar em casa quando San chegasse. Sentia-me confuso. Não fazia ideia de como lidar com Lupe e não entendia os motivos pelos quais ela me tratava daquela forma.

A sensação de paz se desfazia, e outra, mais sombria, aos poucos se impunha, feita de dúvida e arrependimento. Será que agi certo ao chamar outras pessoas para o refúgio? Na caótica situação atual? Não teria arriscado demais? Por outro lado, era da minha natureza, não conseguiria vislumbrar uma chance de salvação sem compartilhá-la. Eu nunca fora um bom guardador de segredos, para bem ou para mal.

A cabeça pesava, o céu tombava, e nem sinal de San ou de CG. Fui até a varanda para contemplar a chuva na mata, o que costumava me acalmar. Mas a paisagem havia sumido por trás da cortina de água. Tentei distinguir alguma coisa no horizonte, sem sucesso. Será que a torrente, de alguma forma, não lavaria toda aquela porcaria? Bem que a enxurrada podia carregar para o rio e enfim para o mar aquela pasta medonha.

Ver a chuva me fazia bem, afinal. Uma breve depuração. O chiado me impedia de ouvir o que quer que fosse, e isso também me agradava. Sentei-me em uma das cadeiras que estavam por ali e deixei que meus sentidos se ocupassem com a tempestade. Minha mente começou a se esvaziar.

Aos poucos, os olhos fixos no nada, notei que os rompantes de Lupe perdiam importância. As preocupações com San e CG seguiam o mesmo caminho, assim como tudo de ruim que eu vinha sentindo nos últimos tempos. Uma interminável caravana de lembranças, impressões e projeções peçonhentas que partiam, deixando, ao menos pelo momento, um rastro de alívio. Mais uma vez, fui tranquilizado pela certeza da minha insignificância diante de tudo. Nenhuma dúvida ou arrependimento: era ali que eu tinha que estar.

O estrondo me trouxe de volta.

Vinha dos arredores da casa.

Saí pela varanda, na direção do baque, mas não encontrei nada no jardim em que os carros estavam. Segui contornando a casa sob a borrasca até chegar à horta ao lado da cozinha. Atrás da plantação há muito abandonada, entre mudas secas e pedaços de pau, notei algum movimento. Aproximei-me com cuidado, pressentindo o pior. E outra vez tive que ressignificar o que entendia por "pior".

Encontrei-o tombado entre tomates e alfaces podres. Estava estraçalhado, mas ainda vivo. Respirava a muito custo, o corpo cheio de talhos enormes – um braço fora decepado, as entranhas vazavam pela barriga aberta como a língua podre de uma boca sem lábios, e o pé direito lacerado pendia do tornozelo por um tendão.

Não aguentei vê-lo por mais do que alguns segundos e me afastei, abrigando-me sob o telhado da casa que se projetava. Olhei ao redor em busca do assassino, ou dos assassinos: só chuva pesada por todos os lados. CG tentou erguer o braço que restava. Quando o tombou, já não vivia.

Corri para chamar Lupe e os pais.

A porta do quarto estava aberta. Demorei a distinguir o que ocorria. No chão, nu em pelo, seu Inácio expunha as gengivas sem dentes em um riso lunático. Logo abaixo, a esposa empurrava a cabeça de Lupe, que estava imobilizada por uma força impensável, contra a virilha do pai. A filha resistia, mas dona Dice e seu Inácio a subjugavam. No momento em que a coisa começou a sair dos olhos deles, intervim.

Não foi fácil arrancá-los de cima dela sem olhá-los. Joguei o corpo contra os dois e a puxei com toda a força. Lupe agarrou-se a mim e saímos, enquanto o sibilo já encobria o ruído da chuva. Peguei algumas roupas no quarto ao lado e comida na cozinha. Enfiei numa mochila e, empurrando-a, cruzamos a varanda em direção à mata.

A casa já era.

A chuva se fora também. Poucos pingos nos acertaram enquanto cruzávamos o gramado. Olhei ao redor: só o carro em que viéramos e o de Lupe estavam por ali. Onde estaria San? Ela já devia ter chegado.

Mas não quis refletir sobre isso. Tinha de chegar o quanto antes ao bosquinho, e para lá eu arrastava Lupe, que estava em choque. Caminhávamos sob um céu que se abria rápido. Eu já sentia o bafo da luz na pele, embora não pensasse em nada além de chegar ao matagal, de nos enfiar na proteção daquele local.

Enquanto avançava, tive a impressão de ver, com o canto dos olhos, um carro que não havia percebido antes. Não consegui identificar qual, mas não me detive. Na esteira da tempestade que terminara, os uivos soaram alto. Acelerei o passo. Não tinha ideia do que faria quando chegasse ao bosquinho. Só tentava acreditar que estaríamos salvos.

A crença ficou mais forte quando nos embrenhamos nas árvores. A penumbra, o perfume da mata úmida, o canto dos pássaros que se desentocavam: tudo fez com que eu voltasse a me sentir microscópico, ínfimo – e por isso, tranquilo. Tentava transmitir essa sensação a Lupe, mas ela ainda estertorava.

Encontrei uma pequena clareira e a acomodei ali, com cuidado. Seus olhos estavam fechados e não quis abri-los. Não por temor – parecia-me impossível que algo nos atingisse naquele local –, mas porque queria que ela descansasse. E queria silêncio.

Recostei-me ao tronco de uma figueira, com Lupe entre as pernas. Ela se aninhou no meu peito e, como se pressentisse minha vontade, não disse nada. O choro convulsivo havia cessado, dando lugar a longos suspiros. Apertei seu rosto de encontro a mim. Assim ficamos, imobilizados, por não sei quanto tempo.

34

Paro de tocar e as perguntas dele cessam também.

Chego a cochilar e desperto com um sobressalto. Tudo está tranquilo ao redor. Lupe ainda repousa. Mas não me sinto bem. Definitivamente, não.

Depois de alguns de minutos, soa um profundo arquejo. Vem do meu pai, mas também de muito, muito longe.

Um incômodo físico. Um pressentimento de que algo se desfaz. As entranhas se reviram, como se eu corresse para dentro de mim mesmo. Agito-me, e Lupe desperta. Olho-a fixamente, talvez buscando livramento, mas não consigo me ater ao que ela diz.

Para aprisionar este instante, aplico todo o sentimento de que sou capaz ao movimento dos dedos. Procuro observar, com o máximo de cuidado, os deslocamentos da mão esquerda, atenuando-os e os enfatizando quando necessário, sem jamais deixar de cantar com a direita...

Levanto-me e me afasto aos poucos. As súplicas soam abafadas, ininteligíveis. De quem? Já não sei. Não reconheço a mulher que tenho nos braços.

...fazendo com que cada nota ocupe seu lugar neste cenário de trégua. De resto, nas lacunas das vibrações sonoras, o mundo é o silêncio.

Ergo-me e caminho por um matagal, um lugar que tampouco reconheço. Olho-o, mas não o vejo, ouço-o, mas não o escuto, não o farejo. A mulher me persegue, chacoalha e aperta, mas não consigo reagir.

Ao terminar, inclino o tronco para trás, o pé direito enterrado no pedal de sustentação, como se abrisse espaço para que as últimas notas ecoassem por mais tempo do que é possível.

Nos cantos de tudo o que vejo, sombras tênues. Como se houvesse uma vela atrás da tela do mundo e a chama aos poucos perdesse a força. A mulher me agarra, mas sigo inerte, nos fundos de mim.

É o instante que gostaria de capturar, em que as respirações se suspendem, em que até o intervalo entre um tique e um taque do relógio de parede parece se dilatar. Então, o som se rarefaz e o relógio segue sua marcha. Aquele instante está extinto.

Viro-me e seguro o rosto da mulher entre as mãos. Sua boca se escancara, fios de saliva ligando os lábios secos, mas não ouço som algum. Os olhos se abrem mais e mais, vibrando em desespero.

Saio da salinha rumo à cozinha enquanto meu pai, como de costume, liga a TV. Atravesso o batente quando um forte estrondo no andar de cima chacoalha o gesso do teto.

Agora ela me esmurra o peito, desesperada. Minha percepção está cada vez mais embotada e a visão segue se apagando. Mesmo assim, noto que ela desvia o olhar do meu.

Algo muito pesado tombou no piso do ambiente logo acima da sala - o quarto da irmã. Meu pai se levanta e nós dois nos prostramos na frente do hall, observando daqui a porta que, do outro lado, abre-se para a escada escurecida. Erguemos as cabeças.

Seguro com força o rosto da mulher, que se torna rubro. Tudo ao redor dele está se apagando. Diante de mim, somente aquela expressão que não reconheço. Somente o rosto - e um movimento furtivo logo atrás.

O estrondo no andar de cima parece se multiplicar, como se se espalhasse por dezenas de pequenas patas a cavoucar o piso laminado.

A mulher entre minhas mãos segue de olhos fechados, debatendo-se. Aproximo meu rosto do dela, enquanto o que está atrás chega aos poucos.

Os cavoucos e os uivos já se deslocam pela escada, descendo os degraus confusamente. Tornam-se cada vez mais nítidos, até que a pouca luz dali filtrada se encobre por completo.

Por trás do rosto da mulher, outros dedos surgem e se enfiam nos olhos dela, obrigando-a a abri-los. Embora as pupilas chacoalhem por todos os lados, acabam por se fixar em mim.

À luz da salinha, distinguimos o que parece ser um gigantesco arac-

nídeo. Avança em direção a nós. Desloca-se por centenas de patas, fere o ar com dezenas de tenazes. Sabemos ser feito de escuridão e agonia.

Um rosto surge por trás daquele que tenho entre as mãos. Olha-me fixamente também. Acho que o reconheço, mas não tenho certeza, não sei bem. O rosto que tenho entre as mãos deixa de se movimentar. Parece se render.

Mas nenhuma daquelas tenazes encontra o pai com vida. No segundo estrondo da noite, ele tomba, fulminado por um enfarte.

O miasma negro começa a escorrer pelos olhos e pela boca do rosto que tenho nas mãos. Atrás dele, e atrás do outro rosto também vazado, o mundo enfim se apaga.